Ирин

Крысы для одиноких людей

Ольге от автора с искренней симпатией
17.11.17

2017

Arcus Publishing NY

Illustrations by the Author

ISBN-13: 978-1544785349
ISBN-10: 1544785348

First edition: June 2017

Typeset in LaTeX

Автор выражает благодарность Евгении Харитончик и Павлу Буныку за помощь в создании книги. И отдельную признательность Владимиру Азбелю за его неиссякаемые бизнес идеи, одна из которых вдохновила автора на этот уникальный сюжет.

России посвящается...

Куполами светится,
  Золотом блестит.
То поманит ласкою,
  То огнем спалит!

Добрая, душевная,
  Злая без прикрас,
Отчего ж ты, Матушка,
  Всё сжигаешь нас?!

Била больно, наотмашь!
  Ластилась потом.
Оттого ль я, беглая,
  Всё искала дом?...

Всё скиталась по свету,
  Душу истребя,
Чтобы в каждом шорохе,
  Узнавать тебя.

Скрип дверей несмазанных,
  Пенье соловья,
Всё тобой скучается,
  Вечная моя!

Стихотворение и рисунки авторские.

Оглавление

Введение

Есть местечко одно необыкновенное. Оно не отмечено в туристических буклетах и поэтому сохранило свою первозданную прелесть. Кто знает, надолго ли...

Расположен этот кусочек земли на крутом мысе, омываемом с всех сторон волнами Тихого океана.

Пройдя старым кладбищем мимо могил первых поселенцев и совершив короткую прогулку по лесу, попадаешь на южную часть полуострова. Далее спускаешься по крутому откосу вниз к океану. И здесь начинается волшебство: в небе кружат белоголовые орлы и удивительные голубые цапли, напоминающие птеродактилей, когда парят в вышине, распластав огромные серо-синие крылья. Приливы и отливы меняют ландшафт до неузнаваемости. Островки отмелей исчезают под приходящей водой и появляются снова.

Можно окунуться в прохладную влагу, чистую как кристалл. Или же, бродя по мелководью, рассматривать морские звёзды необычно лилового цвета, малиновых крабов, а также плоскотелых камбал, стремительно ускользающих из-под ног.

Уединение и покой сослужили автору службу. Именно в этих местах начал зарождаться замысел романа. Откуда ни возьмись появились крысы, стали собираться в группы, пить вино и бренди, требуя своё право на существование. Вот и пришлось по настоянию носатых взяться за перо.

Образы выползали один за другим, как отмели во время отлива, жили своей жизнью и устраивали всякие безобразия.

Вот и пускайся в творческие авантюры! Кажется, только порезвишься, покуражишься, а потом ОП!.. и не принадлежишь себе, а становишься рабом каких-то нелицеприятных тварей, которые используют тебя в своих целях. Ну что же, глумитесь, длиннохвостые!

Глава 1

Лаборатория

Этот институт находился в одном из южных штатов и назывался "Институт Трезвости." Опыты, разумеется, ставили на крысах, потому как человеческое и крысиное во многом совпадают.

В специальной лаборатории влачили своё жалкое существование крысы-алкоголики. Жестокосердые американские ученые, не жалея бедных тварей, ежедневно спаивали их во благо науки. Подсадив крыс на разного вида алкогольные напитки, ученые изучали воздействие спиртного на человеческий организм. Среди крыс, таким образом, появились винные и водочные, коньячные и пивные. Как и на людей, алкоголь оказывал на них разное действие: были буйные и тихие, шаловливые и задумчивые.

Медики пытались найти лекарство от алкогольной зависимости. А бедные твари страдали, если им вместо спиртного пытались подсунуть горькие лекарства. В общем, жилось беднягам несладко, некоторые даже дохли. Интересно заметить, что жизнь крыс–алкоголиков продолжалась те же 2-3 года, как и у обычных непьющих.

За эту недолгую подопытную жизнь у крыс, живущих под одной крышей, возникали взаимоотношения: они влюблялись, ревновали и плакали. И, конечно же, дрались, устраивая кровавые побоища, а точнее – «погрызища», потому как оружием являлись острые белые зубки. С одного из таких «погрызищ» мы и начнём наше знакомство с главными героями повествования.

Два взъерошенных водочных самца катались по клетке в кровавом клубке, норовя перегрызть друг другу глотку. А стоящая поодаль винная самочка по имени Марго размышляла: «Вот грызут эти пьяные дураки друг друга из-за меня, а мне никто из них не нужен, даже за глоток отменного французского бордо! Ах, какая тоска! А ведь есть где-то другая жизнь, другие нравы!».

Марго была крыса изысканная, несмотря на своё простое происхождение. Глазки-бусинки томно и безразлично взирали на бойню самцов. Вдруг распахнулась дверца клетки, погрызенные водочные отпрянули друг от друга, и – в клетку влетел новенький, от которого исходил приятный запах французского коньяка и дорогих кубинских сигар. Жители клетки принюхались, крутя длинными носами. Дверца захлопнулась. Взъерошенный самец огляделся по сторонам, встряхнулся и прокричал вслед закрытой дверце:

– Как можно меня так швырять! Мерзавцы!

Видно было, что к такому обращению он не привык и был крайне возмущён. Увидев смотрящую на него Марго, новенький приосанился и произнес с достоинством:

– Разрешите представиться. Я Генрих.

Глазки молодой крысы таинственно блеснули.

– Марго, – протянула лапку самочка, сверкнув белозубой улыбкой.

Генрих поклонился и прикоснулся носом к изящной лапке.

«Как он галантен!» – пронеслось в голове у восхищённой Марго. Застывшие самцы тем временем ощетинились при виде общего врага, забыв, что ещё несколько минут назад грызлись не на жизнь, а на смерть.

– А ты вааащще, кто такой?! – стали наступать водочные, окружая Генриха с двух сторон.

– Увольте, господа, – мирно проговорил расслабленный после коньячной дозы франт. – Не угодно ли сигару? Контрабандные кубинские. Редкой марки, прошу заметить.

От такого неожиданного поворота событий Лёня и Вова (так назвала водочных русская лаборантка Мэри, с которой нам ещё предстоит познакомиться) потеряли дар речи. Сигар они никогда не пробовали, только слышали о них лестные отзывы от видавших виды крыс.

– Извольте-с, – протянул Генрих надкусанную душистую сигару и, потеряв всякий интерес к происходящему, гордо удалился в угол клетки, где и задремал, свернувшись клубочком. Ошарашенные водочные понюхали сигару, но прикурить так и не решились.

– Пижон, – проворчал Лёня.

– Именно, дурилка картонная! – отозвался Вова, не очень понимая, что такое дурилка.

Марго презрительно повела длинным изящным носом. Надо сказать, быстрый уход Генриха её немного задел.

– Подумаешь... – обронила красавица, укладываясь спать.

Смеркалось. Завтра предстоял новый день, и крысы лелеяли надежду получить свои 5 граммов алкоголя на завтрак. Крошке Марго тем временем приснился удивительный сон.

1.1 Сон Марго

Яркое солнышко освещает небольшую элегантную винодельню и примыкающую к ней лужайку, покрытую весенними цветами. Они с Генрихом в шёлковых утренних халатах сидят в шезлонгах, подставив розовые пузики тёплым солнечным лучам и потягивая из хрустальных бокалов свои амброзии: Марго наслаждается изящным вином цвета спелой вишни, гурман же пьет французский коньяк и курит сигару. Кругом порхают разноцветные бабочки, а в сердце разливаются нежность и покой. Генрих смотрит на неё глазами, полными счастливого обожания, и рядом резвится парочка очаровательных крысят. Вдруг появляются лаборанты в белых халатах, но почему–то они не вызывают столь привычного чувства страха.

– Не угодно ли ещё бокальчик, сударыня? – спрашивает главный лаборант Гавр (Гаврила, по-нашему), слегка пригнувшись. Надо отметить, что в жизни лаборант был беспощадным садистом. Он с удовольствием мучил крыс уколами и пилюлями трезвости, иногда доводя их тем самым до ломок, безумия и даже смерти. Но во сне всё исказилось, и Гаврила галантно прислуживал своим жертвам.

– Конечно, Гаврилушка, только на этот раз что-нибудь полегче, типа рислинга, – произносит Марго, лениво при этом потягиваясь.

– Бокал курвуазье для месье? – заглядывает официант в глаза Генриху. Тот едва заметно кивает и заказывает на закуску сыр с плесенью под названием «горгонцола».

– Будет сделано, господа, – произносит Гаврила, удаляясь.

Генрих почёсывает розовое брюшко и бросает на Марго пламенные взгляды. Крысячья детвора дёргает друг друга за хвостики, попивая лёгкое золотистое пивко.

Вдруг официант возвращается в смятении.

– Простите великодушно, забыл спросить. Что-нибудь для деток?

Не успела Марго ответить, как сон оборвался грубой речью того же Гаврилы в реальном его облике лаборанта–садиста.

– На этой розовой самке новый препарат и опробуем, – произнёс крысогуб, хватая полусонную Марго за загривок и выволакивая из клетки, и добавил, – у неё и уровень зависимости подходящий, и сердце крепкое, откинуться сразу не должна. А если и сдохнет, невелика потеря.

Тем временем у бедной крысы развеялись остатки сна, и глазки-бусинки наполнились слезами. Волшебный сон уступил место суровой действительности.

– Прощайте... – только и успела пискнуть бедняжка. Генрих вскочил и попытался цапнуть Гавра за палец, но тот вовремя отдёрнул руку, и дверца с шумом захлопнулась.

– А до тебя, гурман, ещё очередь дойдет! Не торопись, на тот свет всегда успеешь! – бросил крысогуб напоследок, зловеще при этом усмехаясь. Генрих был понастоящему шокирован, потому что до сих пор видел от людей-лаборантов только хорошее. Его с детства баловали отменными французскими коньяками, сырами, оливками и прочими деликатесами. Выращивали, так сказать, алкоголика-гурмана для одного рок-музыканта – миллионера, который был одинок и заказал себе пьющего крыса–гурмана для компании. Но заказчик пить бросил и перешёл на тяжелые наркотики. Поэтому Генриха, как отработанный материал, бросили в обычную лабораторию. Эксперимент удался, и вместе с любовью к изысканным напиткам и кухне, видимо, благодаря полезным веществам и витаминам, в них содержащихся, крысу привились хорошие манеры. Вот почему такое бесцеремонное обращение с дамой привело нашего героя в смятение и негодование. Он в отчаянии стал кидаться на клетку, пытаясь прогрызть металл острыми зубками, тем самым забавляя Лёню и Вову, которые сидели в углу и грустно-скептически усмехались.

– Зря стараешься, пижон, не прокусишь, только зубы поломаешь, а к дантисту не пошлют, тут тебе не санаторий, – проворчал Лёня.

– Вот именно, не санаторий... – поддакнул Вова.

– Как он смел! Такую даму ... за загривок! Он же мог попортить ей шкурку! Хам! – распылялся наивный Генрих, в волнении метаясь из угла в угол.

– Хорошо, если дело обойдется только шкуркой, тут можно и без головы остаться, – грустно отметил Лёня и добавил: – Некоторые из наших после процедур к рюмке не притрагивались и умирали медленной мучительной смертью.

– Именно... умирали, – повторил Вова трагическим тоном.

– Это же страшно бескрысно, то есть, в данном случае бесчеловечно! Куда я попал?! И где мой французский коньяк на завтрак?! – продолжал восклицать наивный новичок. Лёня с Вовой уже откровенно над ним смеялись, хватаясь за розовые животики.

– Ха-ха, будет тебе вместо коньяка укол в твою тощую задницу, после которого ты на коньяк и смотреть не сможешь! Ха-ха!

– Хватит крысятиться ! Объясните, что происходит! – прервал Генрих пищащих водочных. Те, наконец, угомонились и стали наперебой рассказывать озадаченному гурману, куда он попал, и что его ожидает в ближайшем будущем. Только вот конечной цели этих экспериментов им объяснить не удалось. Для чего из них нужно было делать трезвенников, крысам было не постичь. Поэтому людей-лаборантов, да и людей вообще, они не понимали и боялись, считая их садистами, получающими удовольствие от процесса истязания бедных животных.

Генрих был потрясён и оглушён услышанным. Это полностью переворачивало его представления об окружающем мире! Если всё рассказанное было правдой (а похоже, что так оно и было), жизнь теряла смысл! Он – Гурман Генрих I, был только игрушкой в жестоких, беспощадных руках садистов, которых он наивно считал своими друзьями!

Раньше он любил людей и особенно отличал молодую лаборантку Мэри, которая больше других баловала его деликатесами и, конечно, отменными марками коньяка. Лицемерка чесала его за ухом и чистила белоснежную шёрстку. Ласково улыбаясь и мурлыча популярные песенки, подливала янтарный коньяк в серебряную миску, которую принесла для любимца, утащив из шкафчика с семейными реликвиями. Бывало, Генрих сидел на плече у Мэри, поигрывая золотым пушком на нежной девичьей шейке. Девушка смеялась и угощала его шоколадными конфетами с коньячной начинкой. Иногда в знак благодарности за отменную заботу Генрих даже лизал ей мизинец своим шершавым язычком. Крыс отличал Мэри среди прочей прислуги, коей в глубине души считал всех людей-лаборантов, но никогда не давал им это понять. Ведь он был хорошо воспитан. Более того, относился к людям, как к друзьям, лишь с лёгким снисхождением, по понятным причинам.

И действительно, куда им было до крыс! Зависимые от погоды и денег, вечно куда-то спешащие, почти не покрытые шерстью и лишённые острого крысиного нюха! К тому же, от них исходил неприятный запах жареных коров, называемых почему-то немецким словом гамбургеры. Да и пили они какую–то коричневую газировку вместо приличных спиртных напитков. Правда, от некоторых иногда и попахивало дешёвым пивком, но только по праздникам.

В общем, было за что относиться к беднягам с чувством

снисхождения и лёгкой брезгливости, как к жертвам какого–то неудачного эксперимента. И что же?! Теперь получалось, что жертвой оказался он сам! Как жить, когда привычный мир рушится?! Все, кому он верил, были беспощадными поработителями и эксплуататорами крысиного народа!

1.2 Заговор

– Надо бежать! – произнёс Генрих после долгого молчания, которое воцарилось в клетке.

– Куда ты побежишь? И как надеешься выжить? Мы с Вовкой ещё протянем, прячась в соседней лаборатории и подлакивая медицинский спирт... – мечтательно произнёс Лёня, – а тебе с твоим гурманским прошлым – вообще хана! Где же ты в наших краях коньячный завод найдёшь? Вот Маргоша в Калифорнию может податься, там, говорят, виноделие процветает! А ты куда со своими коньячными интересами? До Франции твоей далеко! Через большую лужу воды, говорят, добираться надо! Без бухла такую дорогу не потянешь, коньки отбросишь, в смысле, лапы.

– Вот именно, отбросишь лапы, – подтвердил Вова.

– А дистрибьюторы на что? Вы, господа, должно быть, не в курсе того, что коньяк в наши Южные Штаты поставляется специальными дистрибьюторскими компаниями. Факт это достоверный, я сам от лабораторной прислуги слышал, – важно сказал Генрих и продолжил, – ну, и вино-водочные магазины... В общем, не пропаду. Предлагаю начать разрабатывать план немедленно, не дожидаясь Марго, чтобы к её возвращению всё было готово.

После долгих дебатов и споров сошлись на радикально простом плане. Он был рассчитан на быстроту крысиной реакции и на нерасторопность, свойственную людям. Предполагалось впиться в палец лаборанту и ускользнуть из клетки по одному. Идея была достаточно рискованной.

Требовалось избрать нападающего, на которого возлагался бы основной риск быть жестоко наказанным или даже умерщвлённым за нападение на работников. Но выбора не было, приходилось или идти на риск, или ждать неминуемой гибели. Далее предстояло выбраться из лаборатории, что тоже было непросто, но вполне реально.

Крысы намеревались, прячась за мебель, быстро прогрызть норки в стене, и мелкими перебежками и перегрызами балок достичь желанной свободы.

Роль нападающего, как нетрудно догадаться, после недолгого спора досталась Генриху. Именно у гурмана от отменного питания оказались самые крепкие зубы, что было установлено путём прокусывания различных предметов в «камере» – так, не сговариваясь, начали называть клетку находившиеся в ней обречённые крысы. Оставалось дождаться возвращения Марго.

Наконец, после долгих и томительных дней ожидания мучители швырнули в клетку крысу, измученную, но не побеждённую. Похудевшее тельце бедняжки подрагивало, а глазки-бусинки потеряли свой задорный блеск, который когда-то сводил с ума всех без исключения .

Сокамерники окружили бедную жертву человеческого прогресса, наперебой предлагая кусочки сыра или обгрызенные сухарики. Генрих даже сохранил за щекой изысканный немецкий бри с плесенью, несмотря на искушение умять сыр ещё несколько дней назад. Деликатесные сыры появлялись у него по ночам рядом с миской раз в 3-4 дня. Приносила их рыжеволосая сердобольная Мэри, которая была искренне привязана к Генриху и жалела своего бывшего питомца.

Выпить никто не предлагал, так как знали, что Марго ни к чему, кроме вина не притронется, а в клетке, кроме дешевой водки и не самого лучшего бренди, ничего не было.

– Спасибо, друзья, – пробормотала крыса слабым голосом, – но я на еду смотреть не могу. Единственное, что помогло бы мне вернуть силы, – напёрсток Шато 1998 года или рюмка молодого анжуйского. Но понимая, что это невозможно, хочу лишь умереть в покое, окружённая лучшими представителями мужского крысиного племени... Вами, дорогие мои Генрих, Лёня и Вова...

Троица лучших представителей приумолкла и загрустила. А через пару мгновений водочные наперебой заголосили, в панике бегая вокруг лежащей крысы:

– Ну куда тебе, Маргоша, умирать? Как же мы без тебя???!!!

Генрих же удалился в противоположный угол клетки и начал усиленно думать, как спасти Марго, пусть даже ценой собственной жизни. В его крысиной душе пробуждалось новое неизведанное чувство. Наш герой и раньше встречал хорошеньких самочек, случалось и увлекаться, но ни разу ему в голову не приходила мысль пожертвовать своим существованием ради спасения обладательницы прекрасных глазок.

– Наверное, это и есть «любовь», про которую говорила Мэри, ссылаясь на литературных героев из произведений Достоевского и Куприна, – пришло в голову Генриху.

Мэри происходила родом из семьи русских иммигрантов, а отец её даже преподавал русскую литературу американским студентам. Но сама девушка выбрала медицину, и, учась в Медицинской школе, подрабатывала в Институте Трезвости лаборанткой. Мысли о любви и о Мэри трансформировались в идею, о которой наш герой решил пока не распространяться.

1.3 Спасение Марго

На следующие сутки в клетке всё продолжалось по-старому. Марго отказывалась от еды и тихо стонала, Лёня и Вова бегали вокруг, причитали и охали.

Генрих сидел в углу, был трезв и задумчив. Более того, даже иногда дремал, свернувшись калачиком, тем самым вызывая общее негодование остальных обитателей камеры.

Водочные стали недружелюбно поглядывать в его сторону. А к физическим страданиям бедной Марго прибавились душевные, и ей уже действительно хотелось умереть. Смысл её существования, как и у всякой приличной молодой крысы, был в любви. А объект проявлял полное безразличие. Так, во всяком случае, казалось Марго, и она жестоко мучилась.

На вторые сутки после возвращения узницы, поздним

вечером, когда основные обитатели клетки отошли ко сну, дверца осторожно открылась. В отверстие просунулись тонкие пальчики, держащие кусочек сыра, пряный запах которого соблазнительно защекотал ноздри. Обычно Генрих делал вид, что не замечает мэриных подачек, но тут открыл глаза и нежно прикусил розовый пальчик.

– Да не оскудеет рука дающего, – пробормотал он сквозь зубы.

Мэри, которая по-крысьи не понимала, вопросительно заглянула в чёрные глазки.

– Что ещё я могу для тебя сделать, мой бедный Генрих?

– Бедный не я, а Марго, которую замучили твои сослуживцы своими глупыми экспериментами! – хотел было крикнуть крыс, но лишь повёл глазами в угол, где лежала несчастная.

– Ах, Генрих, но это же противоречит всем принципам Института Трезвости, – пробормотала Мэри, сразу поняв, о чём идёт речь. Про издыхающую, но не поддающуюся лечению самку, ей приходилось слышать от Гавра за чашкой кофе .

– Упрямая скотина, – с долей уважения говорил главный лаборант, который сам за пределами Института был не дурак пропустить стаканчик–другой.

Помедлив немного, Мэри сказала:

– Если об этом узнают, меня вышвырнут отсюда в 24 часа! Кто тогда тебя будет баловать?

Генрих напряжённо смотрел ей в глаза, давая понять, что никаких отговорок не принимает.

– Спаси Марго или никогда больше не появляйся со своими подачками, – говорил его твёрдый взгляд. – Так и только так ты можешь искупить своё жестокое предательство!

За долгое время, проведённое вместе в дружеских и доверительных отношениях, человек и животное научились понимать друг друга без слов. Поэтому девушке ничего не оставалось делать, как подчиниться или навсегда потерять друга.

– Видимо, влюблён, – подумала она, почувствовав лёгкий укол ревности, затем, заговорщически подмигнув гурману, вышла в соседнюю лабораторию.

Там в сейфе Мэри хранила бутылочку приличного калифорнийского вина на случай, если станет совсем грустно. Говоря по секрету, она сама любила за ужином принять бокальчик красненького, что тщательно скрывала. И не напрасно. В стране велась борьба с алкоголем и наркотиками. Тюрьмы были переполнены любителями марихуаны. За спиртное пока не сажали, но всё шло к этому.

«Бежать надо из этой страны, но куда? Сейчас во всём мире не сладко... » – так размышляла девушка, открывая бутылку терпкого калифорнийского вина густого бордового цвета.

Вернувшись в комнату, где её ожидал Генрих, Мэри налила немного вина в блюдце и протянула запрещённый напиток Марго, которая, чувствуя знакомый запах, потянулась и зашевелила ноздрями.

– Не знаю, будет ли твоя принцесса лакать калифорнийское, она ведь подсажена на французские и итальянские, но другого у меня нет, а магазины уже закрыты, – сказала Мэри, наблюдая за Марго, которая очнулась и стала осторожно принюхиваться к блюдцу.

Генрих с замиранием сердца смотрел, как его возлюбленная, сделав пробный глоток, с наслаждением начала лакать ароматный напиток.

– Ну вот, на безрыбье и рак – рыба, – произнесла довольная Мэри, прикрывая дверцу клетки.

– За блюдцем вернусь – удаляясь, сказала, девушка, деликатно оставив влюблённых наедине (если, конечно, не считать водочных, посапывающих в другом углу клетки).

Марго тем временем с наслаждением лакала любимое красное вино, на глазах возвращаясь к жизни. Потускневшая шкурка залоснилась, и глазки радостно засветились. Генрих с восхищением смотрел на оживающую молодую крысу, в животе его запорхали бабочки, а голова закружилась от радости и чувства облегчения.

– Мерси, – застенчиво пробормотала Марго, вылизывая донышко блюдца.

– Как вам понравился напиток? – спросил Генрих, волнуясь.

– Ооо!! Это было божественно!!! Одно из лучших красных вин, которые мне когда–либо приходилось лакать! Кстати, вкус показался мне несколько необычным. Можно поинтересоваться маркой производителя?

– Конечно, сударыня, – ответил Генрих почтительно. – Точно винодельню вам назвать затрудняюсь, но знаю, что виноград калифорнийский. Отборных сортов! – прибавил он от себя.

– Калифорнийский??!! Как удивительно!!!

Тут Генриху предоставилась возможность блеснуть своими знаниями.

– Чему вы удивляетесь, мадам? Климат Северной Калифорнии не сильно отличается от юга Франции, что и даёт возможность производить прекрасные вина, которые по вкусовым качествам не уступают, а порой и превосходят французские! – поведал Генрих с важным видом.

Читатель, наверное, догадался, что информацию наш герой почерпнул из общения всё с той же Мэри, интересы которой явно выходили за рамки Института Трезвости.

– Ах, и везде–то вы побывали, и всё–то вы знаете! – произнесла Марго с уважением.

Генрих потупил глаза, но признаваться, что дальше соседней лаборатории ничего не видел, не стал.

– А как же всё-таки вам удалось достать столь чудесный напиток, вернувший мне силы? – продолжала интересоваться Марго.

– Связи, знаете ли... - изрёк хитрый крыс не без важности.

– Скажите, как я смогу вас отблагодарить?

– Право, не стоит... Ваше доброе здравие – лучшая для меня награда!

При последней фразе Марго смутилась и слегка порозовела. Возникло неловкое молчание, прерванное радостными визгами водочных, которые, проснувшись, увидели свою любимицу румяной и полной жизненных сил. Когда крысячьи восторги немного поутихли, Марго рассказала, кому она обязана своим чудесным исцелением. Лёня и Вова с уважением пожали Генриху лапу, радостно при этом повизгивая. Наш герой принимал восторги сдержанно, с присущим ему достоинством. Когда крысы немного угомонились, он подробно изложил Марго свой план побега.

– Ах , если бы это было возможно... – мечтательно вздохнула самочка.

– Если действовать продуманно и согласованно, то всё должно получиться! – наставительно произнёс крыс.

– Промедление смерти подобно! – этой фразой Генрих закончил свою убедительную речь. Все согласились и разбрелись по своим углам в ожидании дальнейших действий.

А действия не заставили себя долго ждать.

1.4 Побег

Ни о чём не подозревающая Мэри вернулась в лабораторию, открыла дверцу клетки и просунула туда руку, намереваясь изъять блюдце. И тут все началось. Генрих вцепился острыми зубками в её указательный палец. Девушка вскрикнула от боли и, пытаясь стряхнуть крысу, выдернула руку из клетки. Отважный крыс тем временем повис на её пальце, подставив себя под удар, а остальные рванули на свободу через открытую дверцу и разбежались по углам лаборатории, прячась за мебель. Генрих же, разжав челюсти и сделав сальто в воздухе, исчез за колбами, стоявшими на столе рядом с клеткой. Мэри кинулась было за крысами, но куда там – длиннохвостых и хвост простыл! Девушка, оглушённая случившимся, стояла посреди лаборатории, посасывала кровоточащий палец и думала, что делать дальше. Рана была небольшая, потому что наш герой вовсе не хотел покалечить незадачливую спасительницу Марго.

– Какое поистине крысиное предательство! – воскликнула Мэри, немного оправившись после болевого шока.

– А я-то, дура, их по-человечески пожалела... Вернись, Генрих! – взывала она к крысиной совести, хотя и понимала, что уговоры тут не помогут.

Да и что оставалось делать бедным обречённым тварям! Мэри знала, что крыс ожидает мучительная смерть от испытаний на них новых лекарственных препаратов. Сменив гнев на милость, девушка решила дать беглецам какое-то время, чтобы они успели исчезнуть из лаборатории. Несколько часов спустя она позвонила Гавру по служебному телефону и сообщила об исчезновении крыс, сославшись на то, что кто-то из сотрудников забыл закрыть дверцу клетки, и умные твари разбежались кто куда. Гавр был вне себя от злости, лаборантам устроил вырванные годы, но поняв, что концов найти не удастся, решил заняться поимкой крыс вместо выяснения обстоятельств побега и наказания виновных. Обладая прескверным характером, главный лаборант был человеком весьма неглупым.

Беглецы же тем временем, стараясь не терять ни минуты, отчаянно грызли стену. Для того, чтобы не заблудиться в стенах Института, Генрих придумал добраться до главного коридора и изучить «Общий план здания на случай эвакуации». Этот большой щит с подробным рисунком расположения комнат и коридоров он заметил, когда Мэри перемещала его на новое место жительства. Сообразительный крыс любил изучать всякие планы и карты местности, живя по принципу «бесполезных знаний не бывает». Обладая хорошими менеджерскими способностями, наш герой организовал свою команду на «прогрыз» коридорной стенки. Крысы работали, не покладая лап, или, правильнее сказать, зубов, так как именно зубы являлись главным крысиным орудием производства.

Бедная Марго страдала от головной боли, поэтому грызть могла только одной половинкой рта. (Даже у крыс бывает кариес!) Зато водочные, почувствовав близость свободы, старались вовсю. Когда нора была наконец прогрызена, Генрих велел всем оставаться на своих местах, а сам залез внутрь и отправился на поиски «Плана эвакуации».

– Берегите себя, – произнесла Марго ему вдогонку с нежностью.

Коварный Гавр тоже не терял времени даром и разработал план поимки наших беглецов. План был предельно прост, но имелась одна проблема – для его осуществления нужен был кот, который ловит мышей. Найти такого было непросто, потому что американское общество превратило котов в ленивых кастрированных тварей без когтей, с ослабленными инстинктами. Многие домашние коты в этой стране страдали ожирением, диабетом, артритом, а также пороком сердца от неподвижного образа жизни. Таков был средний американский кот и для охоты за крысами никак не годился. Тут был нужен старомодный, резвый и поджарый трудяга с быстрой реакцией и «крысожадными» инстинктами.

Именно такого, одичавшего и голодного, Гавр нашёл в одном из кошачьих питомников. Животному в скором времени предстояло пойти на мыло – потому что обыватели, заходившие в питомник с желанием завести кота, даже не смотрели в его сторону. Людям хотелось принести в дом пушистого ухоженного котика, а этот тип имел вид облезлый и нелицеприятный, к тому же левое ухо у него было оборвано, и правый глаз почти не видел. Всё это были последствия кошачьих боев, которым бродяга предавался с упоением, пока его не поймали и не упекли в неволю.

Не имея ни малейшего шанса быть пристроенным в хорошие руки, Одноухий ходил по клетке из угла в угол и вспоминал счастливую вольную жизнь и своего бывшего хозяина. Тот был немолод, жил в вагончике и пил Будвайзер, пока однажды его не хватил сердечный удар прямо на глазах у кошака. Потом пришли какие-то люди. Хозяина увезли на белой с красным машине, а кота посадили в клетку и отправили в питомник. Одноухий в руки не давался, потому что никого, кроме хозяина, не признавал: на чужаков шипел, кусался и царапался. Поймать его удалось только накинув на шею специальную верёвку. Так полузадушенный бродяга оказался в плену у людей.

– Какой великолепный экземпляр! – воскликнул Гавр, подходя к клетке с Одноухим. – А я-то думал, что такие коты вымерли, как динозавры. Киса, киса...

Котяра оскалился и зашипел.

– Агрессивен, в руки на дается, – предупредил работник питомника.

– Как раз то, что мне нужно! – ответил довольный Гавр.

После небольших формальностей зверюгу поймали и поместили в переносную клетку, где обречённый предался горестным думам. «Зачем я ему? Гадкий какой–то тип ...» – думал кот, изучая затылок Гавра, сидящего за рулем.

Вдруг страшная мысль пришла ему в голову: «Человек этот вполне может оказаться кошачьим садистом...». Кот припомнил фильмы ужасов, которые он смотрел вместе с хозяином, удобно устроившись в кресле и поедая «горячих собак» (так назывались сосиски в тёплой белой булочке). Особенно ему запомнился фильм Стивена Кинга «Кладбище домашних животных». Смотря его и другие ужастики, кот всегда поражался, до каких извращений может дойти больная психика людей.

«Лучше бы меня пустили на мыло,» – продолжал горестно размышлять Одноухий, – там хотя бы прикончили по–быстрому. А этот плешивый тип может начать лапы выкручивать, когти выдёргивать или ещё какую пакость учинит.»

Страшные картины одна за другой сменялись в мозгу бедного испуганного животного. «Ой, пропаду...» – причитал котяра.

Но больше всего бродяга боялся, что из него будут пытаться сделать типичное домашнее животное: кастрируют, вырвут когти и запрут в помещении с подушками и геранью на подоконнике. Он видел таких разжиревших котов, подобная участь была для зверя хуже смерти.

– Не дрейфь, серый, – произнёс вдруг Гавр, как бы читая его мысли.

Машина тем временем остановилась возле унылого вида двухэтажного здания, на котором висела табличка «Институт Трезвости».

– Если хорошо поработаешь, оставлю в охране служить, – продолжал Главный Лаборант, – паёк в виде кошачьих консервов тебе будет гарантирован. А по выходным и праздникам буду баловать тебя отбракованными мышами! В общем, станешь жить, как у Христа за пазухой! Ну а если не справишься с задачей, не взыщи. Мне дармоеды без надобности, пойдёшь на мыло тогда.

В чём будет состоять «задача», крысогуб объяснять пока не стал, только обмолвился:

– Датчик, правда, придётся вшить, тут уж не обессудь. Но под наркозом это совсем не больно. Не дрейфь, короче!

Так приговаривал Гавр, волоча клетку с котом по институтским коридорам.

– Посмотрите, какого красавца я вам принес!

– Да уж... Видно, что жизнь у котяры была нелёгкая, – жалостливо заметила одна из лаборанток. – Кис–кис–кис...

– Нормальная была жизнь! – ощетинился Одноухий. Вдруг в нос ему ударил острый запах свежей мышатины. Шерсть встала дыбом, зелёные глаза загорелись голодным блеском.

«Куда же, всё-таки, я попал?» – только и успел подумать кот перед тем, как получил укол снотворного в левое бедро. Одноухий мгновенно вырубился, и снилось ему душистое крысиное филе.

Тем временем лаборантки вшивали коту датчик под здоровое ухо, при этом тихо переговариваясь.

– Ведь такой монстр может проглотить сбежавшую мышь быстрее, чем удастся извлечь её из пасти. Вон тощий какой, голодный поди...

– Мышь может, а вот крысу только слегка придушить успеет, пока мы его запеленгуем по датчику.

Как догадался читатель, речь шла о наших беглецах, которых люди решили отловить при помощи кота. Всем известно, что хомо сапиенсы никакими методами не гнушаются. Извести одно животное с помощью другого таким вот старомодно–коварным методом для них – обычное дело!

Но вернёмся к крысам, которые бежали по коридору к лестнице под предводительством Генриха, изучившего «План эвакуации». Передвигаться в открытом пространстве было достаточно рискованно, но ничего другого не оставалось, потому что лазать по внутренним балкам дома лабораторные крысы не умели, так как выросли в неволе.

Именно на это и рассчитывал хитрый Гавр, знавший толк в крысячьей психологии. Выпустив очумевшего от наркотического сна кота в коридор, лаборант наблюдал за происходящим, от волнения закусив верхнюю губу . Кот быстро пришел в себя: его вывел из транса запах близкой добычи – ведь он был отменным охотником. И, несмотря на то, что бывший хозяин баловал любимца «горячими собаками», когда был трезв, Одноухий любил порезвиться на воле. Охота за полевыми мышами была его любимым занятием: тут тебе и пропитание, и физическая разминка, и прогулки на свежем воздухе! Чем плохо?

Но вернемся к происходящему.

– Спасайся, кто может! – завопил Генрих, почуяв смертельную опасность.

И, хотя настоящего кота наш герой никогда не видел, крысячий инстинкт самосохранения сработал безошибочно. Беглецы разбежались было в разные стороны, но котяра настиг и схватил за загривок бедную Марго, ослабшую после перенесённых мучений.

– Спасите! – только и успела пискнуть бедняжка слабым голосом.

К коту тут же подскочили лаборантки и отобрали молодую крысу, потерявшую сознание от боли и ужаса . Одноухий, не успев понять в чём дело, кинулся за другой крысой. Вскоре та же участь постигла сначала Лёню, потом Вову. Одуревший от возни и писка своих товарищей по несчастью Генрих забился в прогрызенную нору и затаился.

«Что происходит? Кто этот громадный серый злодей, и на кого он работает? – пронеслось в его голове. – Если на Гавра, то мы пропали!»

И тут в нору просунулась усатая морда и, лязгая зубами, попыталась достать беглеца. Потом она исчезла, но появилась когтистая лапа, которая почти ухватила жертву за длинный хвост. Генрих рванулся было наружу и – угодил в мышеловку, которую коварный Гавр установил на выходе из норы. «Всё кончено...» – только и успел подумать бедолага.

Очнулся он в клетке–камере вместе с остальными жертвами облавы. Кота же определили в соседнюю клетку, и Гавр собственноручно просунул ему банку с кошачьими консервами.

– Молодчина, Серый! Я в тебе не ошибся! Подкрепись пока консервами, хотя за такую работу полагается кое–что получше, ну потерпи пока, – говорил довольный Гавр, обращаясь к разъяренному коту, а тот смотрел на него своим единственным желтым глазом и думал: «Ох, попадись ты мне на воле, гад плешивый!».

– Не сердись уж так! К вечеру попытаюсь добыть тебе отменное лакомство, может, подобреешь, – закончил главный лаборант, отходя к соседней клетке.

– А с вами, твари подопытные, я ещё поквитаюсь, – прошипел он испуганным крысам.

Беглецы–неудачники приходили в себя от перенесённого потрясения. Генрих пытался делать Марго искусственное дыхание рот-в-рот. Этот метод он изучил в «Плане эвакуации» и теперь применял на практике, несмотря на лёгкое сопротивление Марго, которая и без того прекрасно дышала. Водочные тактично отвернулись от влюблённой парочки и тихо переговаривались между собой.

– Хана нам пришла, – сказал Лёня грустно, – Гавр таких штучек не прощает.

– А все из–за этого вшивого гурмана, – согласился Вова, – сидели бы, не высовываясь, может, и до старости дотянули...

– Вряд ли, – произнёс вдруг Генрих, отрываясь от Марго, когда услышал последнюю фразу.

– Много ты понимаешь! – окрысились водочные. – Тип ты сомнительный, и планы у тебя глупые. И вообще отойди в сторону от нашей Марго, а то глотку перегрызём, в натуре!

– Да что вы, мальчики! – произнесла потерпевшая слабым голосом. – Он же хотел нам помочь спастись. Во всём виноват этот огромный серый зверь, лапы бы ему пообрывать.

Обречённые крысы продолжали дискутировать, а кот с удивлением смотрел в их сторону, так как впервые слышал говорящих крыс. До сих пор ему приходилось иметь дело с полевыми мышами, которые только слегка попискивали, когда попадали в его мохнатые лапы. Одноухий о своих жертвах никогда и не думал, как о мыслящих тварях. Так, гамбургер на ножках. А эти беседуют, спорят, кто прав, кто виноват. В общем, ведут себя как вполне разумные существа типа котов. «Век живи, век учись, а дураком помрешь», – вспомнилась ему одна из любимых фраз его бывшего обожаемого хозяина.

«Вы уж, длиннохвостые, на меня зла не держите, подневольный я...» – хотел было сказать растерянный Одноухий, но кошачья гордость ему не позволила. Только посмотрел с грустью на обитателей соседней клетки.

– Ишь, таращится, злодей лохматый, – услышал он злобный выпад оттуда и отвернулся к баночке с кошачьими консервами.

В этой же лаборатории в отдельной клетке сидела парочка крыс–лесбиянок. Они с удивлением взирали на вновь прибывших, лакая при этом дешёвое шампанское и переговариваясь между собой.

– Фи, она одна среди этих глупых самцов! – сказала толстенькая крыса своей худой подружке.

– И ещё позволяет лизать себя в морду! – с возмущением ответила Худышка, отрываясь от блюда с шампанским. – А шампанское сегодня совсем дрянное подсунули, паразиты.

– А что ты хочешь, дорогая? Мы для них твари подопытные!

– Эх, сбежать бы на юг Франции, поселиться в провинции Шампань и лакать там шампусик день и ночь, – мечтали крысы–лесбиянки, – а то живём здесь, вдали от цивилизации, употребляем дрянные напитки! Да ещё этого громадного серого зверя рядом разместили, а от него, между прочим, запах исходит отвратительный.

Тут уж Одноухий не выдержал:

– Пардон, мадамочки! Во–первых, я вам не «зверь какой–то», а Кот! Одноухим прозываюсь! А во–вторых, мою лапы и остальные части тела несколько раз в день, иногда даже по ночам. Так что попрошу не оскорблять! И пахнет гадко вовсе не от меня, а от этих двух самцов, – показал он жестом на Лёню с Вовой, – я ещё когда их душил этот запах почувствовал. Меня самого чуть не вырвало! А все потому, что водку без меры хлещут, не закусывая, – нравоучительно изрёк кот, который в подобного рода запахах разбирался опять же благодаря бывшему хозяину. Водочные оскалились на кота, забыв про Генриха.

– А ты ваще кто такой?!

– Урод в натуре!

– Дурилка картонная! – кричали водочные остервенело, пользуясь тем, что добраться до них Одноухий не мог при всём желании.

Кот же долго смотрел на них своим единственным жёлтым глазом, а потом высокомерно произнёс:

– Да я вас, алкашей, даже с голодухи жрать бы не стал! – и, отвернувшись, занялся намыванием лап.

Так протекала жизнь наших героев на новом месте, где, кроме новых соседей, всё оставалось по–прежнему. Приходили лаборанты, приносили еду и спиртное и тихо удалялись. Каждый день обреченные ждали расплаты за содеянное, но про них словно забыли. Причина же была в том, что Институт Трезвости переквалифицировали в Институт по Борьбе с Наркоманией. В стране шла война с наркотиками, как уже упоминалось выше. Откуда–то сверху пришло указание поменять ориентацию. Потребовались свежие крысы для изучения зависимости от кокаина, героина и прочих наркотических средств. Крысы–алкоголики были позабыты–позаброшены. Но так как никаких приказов больше не поступало, их продолжали кормить и спаивать. Ещё иногда заходил Гавр и баловал кота мышкой– другой, к ужасу остальных обитателей лаборатории. Крысы и кот пребывали в полном неведении о своей дальнейшей участи. Опыты же над алкоголиками продолжала только одна лаборатория, где крыс спаивали виски и пивом. Как показала статистика, эти напитки в Америке оказались наиболее употребляемые. Всякие там вина и коньяки – то дела европейские, а водка вообще отдаёт далекой Россией.

Глава 2

Россия

В это время лаборантка Мэри или Мария Кузнецова (напомним читателю, что Мэри происходила из семьи русских иммигрантов) наслаждалась видами Санкт-Петербурга, куда привело её желание посетить землю предков и проникнуться русской культурой.

Благодаря стараниям отца Мария прекрасно говорила по–русски и знала историю страны лучше, чем некоторые из коренных жителей. Санкт–Петербург поразил её своей имперской роскошью. Несмотря на грязные подъезды и хмурые лица прохожих, было в городе что–то лирически прекрасное, незабываемое. Этот шедевр Петра Великого заставлял задумываться о вечном и дышал лёгкой грустью и величием позолоченных арок.

Мария с наслаждением впитывала меланхолическую прелесть каналов и мостов, улиц и площадей, бродя целыми днями по историческому центру города.

Поселилась наша американочка на Петроградской стороне у своего дяди – старшего научного сотрудника. Окружающим миром дядя интересовался мало и едва замечал племянницу, поглощенный своей микробиологией.

Одиночество скрашивали соседи по подъезду.

Симпатичная учительница младших классов Мария

Ивановна часто приглашала девушку на чай: церемонии с самоваром, пряниками и задушевными беседами, которые продолжались часами.

Был ещё мальчик Коля с третьего этажа. Он норовил продать американке услуги гида по городу за 5 долларов в час. Мэри в его услугах не нуждалась, но из вежливости нанимала его таскать продукты из магазина, поощряя предприимчивость юного петербуржца. Коля был доволен и немного влюблён в свою работодательницу.

Благополучная семья Хвостовых со второго этажа часто приглашала девушку поужинать вместе. Они водили её на модные тусовки, которые Мэри не очень любила, но ходила из любопытства.

Подобным образом она пыталась раствориться в русской культуре, такой родной и чужой одновременно. Россия изменилась с тех пор, как её родители эмигрировали, и рассказы отца совсем не вязались с тем, что она видела вокруг. Девушка изо всех сил старалась понять эту непостижимую страну.

2.1 Данила Косматый

Больше всего Мария любила бывать у великого и пока непризнанного художника Данилы Косматого. Мастерская его располагалась на чердаке, и входить туда надо было слегка пригнувшись. Зато внутри было светло и просторно. Дверь открывал лохматый Данила, внешность которого удивительно гармонировала с его фамилией. При виде девушки заросшее щетиной лицо озарялось радостной улыбкой.

– Заходи, американочка! – говорил он, распахивая дверь настежь.

И она попадала в волшебную страну красочных холстов и дурманящего запаха свежей масляной краски. Этот запах Мэри помнила с раннего детства. Дело в том, что мама девушки была художница, но ушла из жизни слишком рано, Маша была тогда ещё совсем маленькой. Добрый мамин образ стирался с годами. Лишь чёрно–белые фотографии, да холсты с куполами русских церквей – вот и всё, что осталось от мамы в их американской квартире.

Но вернёмся в данилину мастерскую, которую так полюбила наша героиня. Заботливый художник всегда встречал девушку бутылкой доброго грузинского вина и скромной закуской, состоящей из хлеба и сыра. Так коротали они долгие вечера – за бокалом вина и разговорами. А заканчивались посиделки чашкой крепкого душистого чая, который Данила всегда заваривал сам, не доверяя этот ритуал заморской гостье. Маша только дивилась, глядя как быстрые умелые руки творят чудеса, и мастерская наполняется запахом лесных цветов и трав. Она пыталась воспроизвести процесс заварки чая в дядюшкиной квартире, но такого ароматного напитка, как у Данилы, никогда не получалось.

Художник же с детским любопытством расспрашивал гостью о заморской жизни, черпая сюжеты для своих красочных полотен. Особенно его заинтересовали рассказы о пьющих крысах. Склонив косматую голову к столу, он делал какие–то наброски, пока Мэри рассказывала о лабораторной жизни.

– Вот бы такую крысу в дом! А то одиночество иногда накатывает! Особенно в долгие зимние вечера, когда темнеет рано... – мечтательно молвил художник. – Да и выпить бывает не с кем. Не каждый день, конечно, так, иногда.

– Это тебе–то не с кем выпить?! У тебя ведь столько друзей! – попробовала возразить Мария.

– Друзей много, а выпить не с кем,– упрямо повторил Косматый.

Люди в мастерской толпились постоянно, по одному или большими группами. Иногда приходило столько народу, что сидячих мест не оставалось даже на полу, тогда открывали дверь и использовали лестничную клетку. Публика заходила разная. В основном, творческая, но были и врачи, плотники, шофёры и даже случайные прохожие . Откуда они все брались – было неведомо подчас и самому хозяину, а уж американской гостье такое житьё и вовсе казалось непостижимо! Квартира наполнялась смехом, шутками и таким вредным для здоровья табачным дымом. На слабые попытки Марии приучить народ курить на балконе представители петербургской богемы только отмахивались, говоря, что там места всем не хватит, да и холодно. Что было сущей правдой.

У Данилы ещё стоял компьютер, в основном, в качестве украшения интерьера, так как пользоваться им художник особо не умел, считая нажатие клавиш занятием скучным и утомительным. Иногда, правда, проводил время за забавной компьютерной игрушкой, да и то из любви к искусству. Персонажи некоторых игр были мастерски нарисованы, и это развлекало художника. В его интернете бродили смертельные вирусы, иногда даже спрыгивали с компьютерного столика на пол и принимались скакать по стенкам. Данила от них только отмахивался, особо не озабочиваясь, пусть себе скачут, если хотят! Такой вот он был чудак!

***

Марии нравился этот удивительный город с его необычными обитателями. По утрам она готовила дядюшке завтрак, а потом пропадала на целый день: бродила по улицам и дворцам–музеям.

В уютном помещении Дома Кино шёл показ европейских фильмов, и девушка частенько забегала туда вечерком, завершая таким образом день. Взлетая по гранитным ступенькам наверх, она всегда украдкой кивала статуе бронзового кентаврика на входе в кассы. Затем выпивала чашечку черного кофе в фойе, прислушиваясь к разговорам киноманов. Надо сказать, что мир кино занимал её не меньше, чем хождение по музеям и выставочным залам.

Американская гостья, как губка, впитывала в себя культурную жизнь Петербурга, такую непохожую на жизнь маленького университетского городка на юге Штатов, в котором она выросла и провела бОльшую часть жизни.

Случались, конечно, и забавные казусы, которые шокировали Марию. Здесь можно было бы привести массу примеров, но мы ограничимся встречей, произошедшей во дворе машиного дома.

2.2 Метатель диска

Как–то вечером, возвращаясь с очередной прогулки по городу, девушка увидела необычную картину.

На детской площадке стоял молодой мужчина и совершал странные метательные движения. Приглядевшись повнимательней, Маша поняла, что у него в руках действительно имеется диск, который он намеревается метнуть. Не в прохожих ли? К тому же, детская площадка была для такого занятия местом не совсем подходящим. Хотя в это время дня детей во дворе и не было, но вокруг ходили люди, которые в любой момент могли стать жертвой Метателя.

– Прошу прощения, не могли бы вы мне уделить минуточку внимания! – крикнула она с безопасного расстояния.

Метатель, увидев симпатичную девушку, говорящую с лёгким иностранным акцентом, приостановил своё занятие и вежливо ответил:

– Отчего же не могу? Могу, конечно.

Маша осторожно шагнула вперёд и дипломатично спросила:

– Наверное, метание диска занятие весьма увлекательное. Как давно вы этим занимаетесь?

– Да вот, сегодня только начал.

– Мне кажется, что на стадионе с инструктором вам было бы удобнее осваивать новый вид спорта.

– Ну, вы даёте! – ответил ошарашенный Метатель.– Где же я вам стадион возьму, да ещё и с инструктором? ЧуднЫе вещи, девушка, говорите! – закончил он, присаживаясь на скамейку, предварительно подстелив газету, чтобы не запачкать серые брюки, какие в Америке обычно носят гольфисты.

– Пардон! – вскочил он вдруг, и, разорвав газету на две половинки, аккуратно разложил их по скамейке. – Присоединяйтесь, посидим, покурим. У меня всё равно перерыв между первым и вторым раундом.

– Спасибо, но я не курю, – ответила Маша, присев на край скамейки.

– Не курите! Чудеса! А я думал, что все представительницы прекрасного пола в России–матушке смолят почём зря! Впрочем, говорите вы чуднО, с акцентом чужеродным.

Позвольте узнать, откуда пробыли в нашу, так сказать, Колыбель трёх Революций?

– Папа мой провел детство и юность в этом доме. А я родилась в Америке. Сначала мы жили в Нью-Йорке, потом переехали на юг, в штат Луизиана .

Маша не стала уточнять, что переехали на юг после смерти мамы. Погрузили вещи в контейнер и рванули навстречу новой жизни.

– Чудеса! А говорите почти совсем без акцента.

– Отец много занимался со мной русским языком, а он профессиональный преподаватель.

– Вы здесь осторожнее ходите, собаки тут бродят злющие! – сказал вдруг Метатель. – Вот я давеча пошёл погулять. Иду себе, в одной руке книга Марка Твена, в другой – канистра с коньячным спиртом. Вдруг выбегает тварь огромная собачьей породы и вгрызается в ногу! Зубища – вот такие! – показал он жестами величину собачьих зубов, явно преувеличив.

– Потом больница, прививки от бешенства, – продолжал Метатель, – а главное: врачи пить запретили, пока полный курс терапии не пройду. Вот горе–то какое! Канистра спирта простаивает! – затосковал бедняга.

– Так я теперь вот... взялся диск метать, – неожиданно закончил рассказчик свою грустную историю.

Маша совсем не поняла, какое отношение имеют укус собаки и запрет на употребление алкоголя к метанию диска. Но спросить постеснялась, решив, что её непонимание происходящего наверняка связано с разницей культур.

– Сочувствую вам... – начала она, но была прервана восклицанием:

– Если не пьёшь, то по бабам шляешься! Паразит! – закричала приближающаяся дородная женщина в жёлтой вязанной кофте. – Креста на тебе нет!

– Успокойся, Лялечка! Это и не баба вовсе, а иностранка из самой Америки! И не кричи так, мы же люди культурные, петербургские. Неудобно как–то...

– Неудобно ему! Ишь, интеллигент чёртов! Говорила мне мама, что не будет из тебя проку! Витька, вон, из Перми ко мне сватался! Ну и что, что провинциал! Зато сейчас бензоколонку содержит и на мерседесе жену катает! А ты всё книжки читаешь бесполезные. Думала, спортсменом станешь, диск на распродаже в секонд хенде купила! А он всё лясы с красотками заезжими точит! – распиналась жена Метателя на весь двор зычным голосом.

Несчастный интеллигент схватился за диск, а наша Маша поспешила ретироваться, так ничего и не поняв в «загадочной русской душе».

***

Летние каникулы между тем подходили к концу, и надо было думать о возвращении домой. Да и от отца стали поступать грустные звонки, скучал профессор по дочери. Мария тоже по нему соскучилась, но покидать этот странный город ей пока не хотелось, несмотря на возрастающее чувство тревоги.

Девушку стали мучить сны о Генрихе и его друзьях по несчастью. Там Мэри бродила по Русскому Музею со своим любимцем, и они вместе восхищались «Девятым Валом» Айвазовского, призрачными вечерами Куинджи и, конечно же, красочными рериховскими пейзажами.

Во снах часто появлялся Данила Косматый, который выгуливал на поводках наших старых знакомых – Лёню и Вову. Заходя в рюмочную, он угощал питомцев стопочкой ледяной прозрачной жидкости. Троица при этом весело хихикала и попискивала от удовольствия.

Часто действие переносилось в мастерскую Данилы, где люди и крысы шутили и смеялись, сидя за большим круглым столом. И все были счастливы! Но заканчивались сны всегда плачевно: неожиданно в самый разгар веселья в мастерскую врывались люди в белых халатах и утаскивали пищащих крыс за длинные хвосты. В этот момент девушка обычно в ужасе просыпалась и начинала мучиться угрызениями совести.

«Как же они там, бедные, поживают? Как Генрих? Не стал ли он жертвой очередного научного эксперимента?» – задавала себе вопросы Маша, понимая, что пора возвращаться домой.

В один из августовских дней она уже было протянула руку к телефону, чтобы заказать билет на самолёт, как вдруг раздался звонок в дверь. С этого звонка начались события, которые кардинально повлияли на ход нашего дальнейшего повествования.

2.3 Хвостовы. Встреча с Вадимом

Итак, раздался звонок. Маша посмотрела в глазок и, разглядев кудрявую голову Илоны Хвостовой, открыла дверь.

– Машка, одевайся, наводи марафет и подгребай к нам. Тут такой кадр из столицы пожаловал! Закачаешься! Денег куры не клюют, и с фейса ничего себе! – скороговоркой затараторила Илона.

Пока Маша пыталась перевести слово «подгребай» и «кадр» в данном контексте, Илона уже прыгала по ступенькам вниз, цокая каблучками.

Потом каблучки замолкли, и их владелица крикнула вдогонку девушке, закрывающей входную дверь:

– И никаких джинсов! Прикид вечерний!

Слово «прикид» Маша знала, они с Илоной не первый день общались. Девушка тяжело вздохнула, но отказаться, как всегда, постеснялась.

«Почему я всегда делаю то, что хотят от меня другие, а не то, что хочется мне самой?» – размышляла Маша, подводя глаза. – «Надо когда-то научиться говорить «нет»!»

Затем она достала из шкафа лёгкое светло–жёлтое платье, выгодно подчёркивавшее её стройную фигуру. Это платье Илона заставила купить в бутике за бешеные деньги, придя в ужас от Машиных американских нарядов.

– У нас так ходят только иногородние и туристы! – был её приговор.

Девушка попыталась возразить, что она и есть иногородняя туристка, но это не сработало.

– Машка, слушай, что я тебе говорю, и не спорь! – сказала Илона не терпящим возражения тоном.

И Маше пришлось разориться на несколько дорогих итальянских вещей, которые с тех пор висели в шкафу и ждали своего часа.

«Что ж, час настал!» – сказала себе наша героиня, не без удовольствия глядя на своё отражение в зеркале. То, что она там видела, было весьма лестно: на неё смотрела симпатичная девушка с большими каре–зелёными глазами, немного вздернутым носом и длинными золотистыми прядями роскошных волос. Спускаясь по лестнице в квартиру Хвостовых, Маша подумала, что любовь россиянок к красивым дорогим вещам не лишена смысла. Приятно было «шуршать шелками» дорогого платья и стучать изящными каблучками туфель из крокодиловой кожи.

Дверь открыла хозяйка дома, облаченная в малиновый костюм с золотыми пуговицами, и, встряхнув кудрями, одобрительно присвистнула:

– Оооо, Машуня, выглядишь на все сто! Прикид реальный!

– Я стараюсь, – ответила Маша, немного смутившись.

– Проходи, проходи, дорогая гостья! – манящим голосом промурлыкал Вячеслав, хозяин дома, выглядывая из просторной комнаты, где Хвостовы обычно принимали гостей.

За столом рядом с ним сидел высокий брюнет в сером костюме. Поигрывая весёлыми глазами, он протянул Маше руку.

– У вас ведь на Американщине женщинам принято руку жать? – глумливо произнёс брюнет, пожимая ей ладонь.

– Вовсе это и не обязательно! – отозвалась покрасневшая Маша.

– Я же просто понравиться хочу, – продолжал он смущать девушку, – позвольте представиться: Вадим Белокрысов.

Маша вздрогнула:

– Белокрысов?

– Да, Белокрысов. Что–то не так?

– Нет, нет, все так! А я Мэри, или лучше – Маша, – ответила девушка, отводя глаза в сторону.

– А что, у вас на Американщине все такие стеснительные? – продолжал Вадим наступление.

– Хватит пугать иностранок! Давайте лучше выпьем за встречу! – пришёл на помощь хозяин дома, открывая бутылку.

Шампанское заискрилось в бокалах, приятно расслабляя нервы, и обстановка за столом приобрела непринуждённую лёгкость. Запах французских духов хорошо гармонировал с ароматами свежего базилика, пряных сыров и прочих кулинарных изысков, которыми был заставлен праздничный стол. Хвостовы знали толк в красивой жизни и умели принимать гостей, хотя и делали это нечасто.

За столом царил и властвовал Вадим, с тонким юмором рассказывая замечательные истории из своей полной событиями жизни. Маша слушала гостя, затаив дыхание. Ей всегда хотелось путешествовать, но так случилось, что кроме Северной Америки и Мексики, бывать нигде не довелось. Вадим же объехал полмира, занимаясь разнообразной предпринимательской деятельностью. Неутомимый дух заносил его в далеко не безопасные части света. Он закупал шёлк в Китае, организовывал собачьи бега на Камчатке и даже добывал алмазы в Южной Африке! Меняя род занятий и края обитания, Вадим так и не обзавелся семьей.

Незаметно пробило полночь, и хозяйка подала десерт с рюмочкой чудесного португальского портвейна. Расставаться не хотелось, но правила приличия того требовали. Маше вспомнились даниловы посиделки, где гости засиживались до утра за дешёвым вином и бесконечными спорами о смысле жизни.

«Почему–то обеспеченные люди этим вопросом не обеспокоены, и поэтому долго в гостях не засиживаются,» – подумалось Маше. И тут она вспомнила, что обещала заглянуть вечерком к Даниле на чашку чая, но сразу эту мысль прогнала, заворожённая новым знакомством.

– А что, не махнуть ли нам всем вместе в столицу?! – вдруг предложил Вадим. – Я недавно прикупил небольшой отель на Чистых Прудах, так что всем предоставляю отдельные номера! И совершенно бесплатно! К тому же, иностранной гостье не побывать в Москве было бы преступной халатностью!

– Давайте и правда махнём в столицу! – подхватила идею порозовевшая от вина Илона. – Да и Машке надо Россию во всей красе показать!

– Москва – не Россия, – откликнулся Вячеслав, – но идея

неплохая, учитывая, что завтра суббота. Утром в Пулково, а к полудню будем в Москве! С билетами проблем нет.

Маша замялась, потому что не привыкла к таким спонтанным решениям.

– Я не знаю... – начала она, но была прервана хозяйкой дома.

– Соглашайся, Машка, когда у тебя ещё будет возможность на Чистых Прудах пожить?!

Тут девушке вспомнились Патриаршие Пруды из «Мастера и Маргариты», и она подумала, что давно мечтала прокатиться по местам, описанным гениальным Булгаковым с такой пленительной тоской и изощрённым сарказмом.

– А Патриаршие Пруды далеко от Чистых? – спросила девушка.

– Да рукой подать! – ответил Вадим, не сводивший глаз с Маши. – Соглашайся! Такую экскурсию по городу тебе обещаю, что уезжать не захочешь на свою американскую родину!

Девушка вздохнула и решила, что раз уж она в России, то и решения надо принимать по–русски – спонтанно.

– Во сколько подъём завтра? – спросила она, улыбаясь.

– Вот это по–нашему! По–бразильски! – воскликнул Вадим радостно. – В восемь утра за вами заезжаю, будьте готовы! А сейчас мне пора!

– Оставайся ночевать, – предложила хозяйка, но гость предложение отклонил, галантно поцеловал дамам ручки и удалился, весело подмигнув при этом Маше.

– Сразу видно, впечатлился чувак «красотой заморской»! – сказала Илона, закрывая дверь за взволнованной девушкой. – Никогда раньше в своём отеле на халяву пожить не предлагал! Может, ещё Машку и замуж выдадим, ей, по–моему, давно пора, хоть она это по своей американской серости не догоняет!

«Заморская красота» тоже впечатлилась столичным гостем, поэтому долго не могла уснуть и находилась в волнении и растрёпанных чувствах от мыслей о предстоящей поездке. Когда, наконец, удалось задремать, ей приснился удивительный сон.

2.4 Сон Марии

Девушка летела над Москвой. Волосы развевались на ветру, дышалось легко, как в детстве, и дурманящее чувство одиночества и свободы кружило голову.

«Что–то мне всё это напоминает», – подумалось ей, а что именно, вспомнить не удавалось, и это непонимание немного щекотало нервы и вносило некий диссонанс.

А в остальном ощущение было пьянящим! Златоглавая Москва блестела куполами церквей, которые с высоты птичьего полета напоминали маленькие светящиеся планеты, окружённые белоснежными облаками.

«Какой чудесный сон!» – восхитилась спящая Мария.

Грань между сном и явью то стиралась и расползалась, то вдруг становилась единой реальностью. Вдали стали появляться какие–то фигуры, по мере приближения становясь всё крупнее и контрастнее.

– Забросила ты меня совсем, – сетовал летящий Данила. – А я уж подумал... Да куда нам! Мне такую красоту не осилить, разве что на холсте!

– Прости, Данила! Я только полетаю немного и вернусь. Вот увидишь! – кричала девушка вслед удаляющейся фигуре.

– Не трудитесь, барышня! Что надрываться? Не вашего полета птица! – вдруг промурчал огромный одноухий котяра, подлетая почти вплотную.

– Лучше взгляните вон туда! – продолжал кот, показывая направление когтистой лапой.

Маша повернула голову и увидела: на золотой колеснице, запряжённой четвёркой белых то ли коней, то ли крыс мчался Вадим, сверкая очами героя–победителя.

– Садись, красотка, прокачу! – крикнул Белокрысов, обращаясь к Маше. – Садись, не пожалеешь!

– Ручку прошу! – промяукал кот, помогая заворожённой Маше влезть на высокую колесницу.

Опираясь на пушистую лапу, девушка забыла, что дело происходит в воздухе, и ей достаточно только вспорхнуть, чтобы оказаться рядом с Вадимом на бордовых шёлковых подушках.

– Вот и хорошо, моя красавица! – прокричал Вадим, хлестнув то ли коней, то ли крыс. – Летите, родимые!

Ветер засвистел в ушах звонко и пронзительно. Девушка наслаждалась ощущением скорости и близости Вадима, который красиво погонял упряжку, бросая на Машу пламенные взгляды. Огни и краски города внизу смешались в летящий хаос. Вдруг один из крыс–коней оглянулся. Посмотрел на Марию грустными влажными глазами, и она узнала своего бедного Генриха.

– Останови!!! – завопила Маша, проснувшись от собственного крика.

2.5 Поездка в Москву

Проснувшись, девушка долго приходила в себя от странного сна. На душе было тревожно и волнительно. Но наша героиня была молода и полна жизни. За окном светало. Тряхнув золотистой гривой волос, Маша помчалась навстречу новому дню, отбросив ночные страхи.

Через несколько часов она сидела в самолёте и слушала наставления Илоны, которая всё на свете знала.

– Вы там в Америках, как дети! Вот что ты опять в джинсах? Почему костюмчик не надела, который мы с тобой купили?

– Так в джинсах же удобнее. А костюм я с собой взяла ручной кладью, – оправдывалась девушка.

– Смотри, не помнИ. Дурища ты, Машка! У тебя, может, судьба решается! Что, не видишь, как Белокрысов на тебя глазами зыркает? А он, между прочим, один из первых столичных женихов! Будешь жить, как у Христа за пазухой!

– Как это «у Христа за пазухой»? – засмеялась Маша, которая про «столичных женихов» читала у русских классиков.

– Хорошо значит, даже лучше, чем хорошо! Вот дурища!

– Да я пока замуж не собираюсь. Рано мне ещё, да и медицинский институт закончить надо, потом резидентура. В общем, долго ещё учиться.

– Да где же рано?! Ведь тебе уже 23! Вот выйдешь за Вадима, и не надо никаких институтов! Он же богат, как царь! И собой хорош! Чудачка, чего тебе ещё надо?! – тараторила Илона без умолку.

Маша молчала, смотрела в окно и думала о своём, периодически поглядывая на Вадима, который дремал в соседнем ряду у окна.

– Да ты меня не слушаешь совсем! А я–то, дура, распинаюсь! – надулась подружка. – Ну и ладно, твоя жизнь, в конце концов, поступай, как знаешь!

– Слушаю, слушаю, не дуйся! Лучше посмотри, какие облака пушистые!

– И витай в своих облаках! Я умываю руки!

– А они у тебя грязные? Тогда лучше умыть, – не поняла американка.

Её соседка громко захохотала:

– Вот же бестолочь заморская!

Тем временем они подлетели к Москве. Маша смотрела вниз, пытаясь что–то разглядеть, но ей это не удавалось – над городом висела дымка. Она опять вспомнила сон, своё ощущение полета и грустные глаза Генриха. Из оцепенения вывел громкий голос проснувшегося Вадима:

– Добро пожаловать в столицу нашей родины, город-герой Москву! Девочки, на выход!

А потом закружилось, понеслось...

Их встретил большой чёрный мерседес с шофёром Мишей. На загазованном Ленинградском шоссе они попали в пробку, но время пролетело незаметно, остроумный Вадим шутил и балагурил всю дорогу. И вот они оказались в гостинице. Небольшой особняк XVIII века был переоборудован в уютный отель с элегантной обстановкой в стиле ампир и большими светлыми комнатами.

– Вот твои апартаменты, красавица! – сказал Вадим, открывая дверь просторного номера на втором этаже.

Илону с Вячеславом он поселил в другом конце коридора, сославшись на отсутствие свободных мест.

– Спасибо, замечательно здесь! – сказала Маша, оглядываясь.

– Всё для вас, мадемуазель! Или мисс по–американски?

– Мадемуазель тоже подходит! – засмеялась девушка.

– Вот и славно! Я пока домой заеду, а ты будь готова на выход через час, поедем обедать. И Хвостовым скажи! – скороговоркой выпалил Вадим, чмокнул Машу в щёчку и растворился в длинном коридоре отеля.

Маша бросилась на мягкую постель, закрыла глаза и подумала: «Как же он хорош! Даже страшно!»

«...страшшшно...» – прошипело эхо.

Девушка испуганно вскочила, заглянула в ванную комнату и открыла шкафы. Везде было пусто, на столе стоял букет алых роз.

– Наверное, почудилось, – подумала она, – а может, и домовой! Ведь в старом московском доме запросто может водиться всякая нечисть.

Как бы в подтверждение её мыслям скрипнула половица в ванной комнате. Маша было забралась на кровать с ногами, но, устыдившись своих страхов, вскочила и начала разбирать вещи.

Первое, что надо было сделать – повесить в шкаф пресловутый костюм.

«Если помнется, то Илона меня загрызет!»

А гладить девушка не умела, в Америке редко кто гладил вещи.

– «Жизнь упростили до минимума, а может, и зря! Теперь вот самых элементарных вещей не умею делать», – продолжала размышлять Маша, вешая костюм в шкаф.

Не покидало ощущение, что в комнате есть кто–то ещё. Но наша Маша была медицинским работником и во всякую ерунду не верила, хоть и начиталась разных книжек. Почему–то опять вспомнились «Мастер и Маргарита» и обитатели нехорошей квартиры номер 50 на Большой Садовой. Стараясь гнать мистические мысли прочь, девушка приняла освежающий душ, подкрасила глазки и, надев лёгкое платье, вышла в холл.

– Почему не в костюме? – строго спросила Илона, пропуская Машу в номер.

– На вечер оставила! Ты же сама меня учила, что наряды надо менять три раза в день, как минимум.

– То–то же,– сказала модница примирительно, – усвоила

урок!

– Вадим просил передать, что скоро будет!

– И ты до сих пор его не соблазнила? Я думала, вы уединились там...

– Ты что, с ума сошла! Мы же едва знакомы! – воскликнула возмущённая Маша.

– Да какая разница! Было бы так романтично: отель, подушки, ах... Я бы на него сразу прыгнула, как в американском кино! Ты же американка! Впрочем, твоё дело, конечно, только с этим особо не тяни! Это несовременно!

– Значит, я несовременная, и хватит меня учить! Где твой муж, кстати? Послушал бы он тебя! – раздражённо ответила Маша.

– Воздухом пошёл подышать! А хоть бы и послушал! Подумаешь. Он привык, за это меня и любит!

– Ну, ты даёшь!

– Вот именно, что хорошо даю! – засмеялась Илона своему каламбуру, объяснив его американке, которая глядела вопросительно.

– Хватит пошлить, Илона! Оооо... этот «великий и могучий»! Как он иногда непонятен!

– Ты это про что? У кого это там великий и могучий?

– Ааааа... – закричала девушка, – это про русский язык!

– Про что? – продолжала глумиться Илона, делая вид, что не понимает.

Когда зашел Вячеслав, обе девушки валялись на кровати и истерически хохотали.

– Что это вы веселитесь? Поднимайтесь с кровати и быстро вниз! Вадим приехал, ждёт!

– Да у нас здесь ЛИКБЕЗ! – воскликнула Илона, поднимаясь и поправляя юбку.

– Могу себе представить! – ответил муж, с любовью хлопнув супругу ниже спины, – Не слушай её! Она хорошему не научит!

И Хвостовы с Машей, смеясь и балагуря, спустились вниз по мраморной лестнице, где их ждал Белокрысов, переодевшийся в лёгкий льняной пиджак и светлые брюки.

Пообедали они в модном ресторане «Пушкин». Еда была

вкусная, интерьер красивый, официанты услужливые. Потом гуляли по Москве. Бродили по тихим улочкам старого города и слушали Вадима, неутомимого рассказчика. Свой город он знал и любил говорить о нём. Компания вышла на Котельническую набережную, откуда открывался замечательный вид на красавицу Москву. Смеркалось, начали зажигаться огни. Маша заворожённо смотрела на кремлевские постройки и восхищалась величием и мощью, которыми веяло от древней столицы

– Как же не похожа Москва на Петербург! Совсем другая! Более ... русская, что ли... – сказала она задумчиво.

– А что ты хочешь! Ведь Питера ещё и в проекте не было, когда вокруг этих стен кипела жизнь, – начал Белокрысов увлекательный рассказ о прошлом великой столицы.

Девушка всё это когда–то читала, но, слушая Вадима, удивлялась, как легко он оперирует именами и датами и с превосходным чувством юмора рассказывает исторические анекдоты о московских купцах.

– Ты мог бы быть гидом, – сказала она, – столько всего знаешь!

– Мог бы, но зачем?! Им и не платят совсем! Я из купеческой семьи, и, продолжая традиции предков, занимаюсь коммерцией, – ответил Вадим весело.

В это время компания проходила мимо кинотеатра «Иллюзион», где показывали фильм неподражаемого Феллини.

– Может, в кино? – спросил Вадим.

– С удовольствием! – отозвалась Маша.

– Вот уж нет! Слишком этот Феллини зануден. Мы со Славкой лучше пивка где–нибудь выпьем, а то ноги все стерли, – возразила Илона.

– Тогда встретимся позже в отеле?

– Да, да... гуляйте, голуби!

Маша не успела вставить слова, как оказалась наедине с Вадимом в тёмном зале кинотеатра. Сидя рядом, она чувствовала тепло его плеча и с трудом понимала, что происходит на экране. Впрочем, с Феллини всегда всё непонятно! Выйдя из кинотеатра, парочка не спеша зашагала по направлению к Чистым Прудам. По дороге они делились впечатлениями от фильма и рассказывали друг другу истории из жизни. Вадим внимательно выслушал Машу, когда та поведала ему о своих питомцах – подопытных крысах. Больше всего его впечатлила история о гурмане–Генрихе.

– Надо же, умный какой! Побег устроил и спасение Марго организовал! Уважаю таких!

– Да, он необыкновенно смышлён! Знаешь, смотрит своими чёрными глазами и, кажется, всё понимает!

– А что же теперь с ними будет? Ведь их поймали!

– Не знаю, – помрачнела Маша, – боюсь, что ничего хорошего. Опыты будут продолжать или коту скормят! Я уехала, чтобы не видеть этого безобразия.

– Сбежала, значит?

– Выходит, так. Хотя поездка давно была запланирована. Ну что, что я могла сделать?! – говорила девушка, чуть не плача.

– А к себе забрать, например?

– Что ты! Крысы являются собственностью института! Кто мне их отдаст? Да если бы и отдали, в моей квартире животных нельзя заводить. Контракт такой. А тем более – крыс!

– Как это? Странная, всё–таки, у вас страна! Крыс нельзя! Ха! Надо подумать, что с твоими питомцами делать, если они ещё живы, конечно!

– Ой, не говори таких ужасов, – испуганно произнесла девушка, – сама об этом все время думаю, вот и сны из-за этого странные снятся.

Они подошли к отелю, где их должны были ждать Хвостовы для совместного ужина. Но тех почему–то на месте не оказалось, и портье передал Вадиму записку от Илоны. В записке сообщалось, что они желают приятного аппетита и доброй ночи, а сами отправляются по своим делам. Вадим усмехнулся и сказал:

– Тактичные какие! Не похоже на них как–то. Наверное, сосватать нас с тобой хотят! Что же, я не против! Девушка ты видная, из самой Америки!

Маша было вспыхнула, но, увидев озорные глаза спутника, весело рассмеялась.

– Не иначе, как сосватать!

– Тогда пойдем ужинать в мой любимый грузинский

ресторанчик. Он небольшой и непрестижный, зато кормят там отменно!

«Вот и хорошо! И в костюмчик не надо переодеваться», – подумала Маша с облегчением.

За ужином наши герои продолжали беседовать. Маше казалось, что они знают друг друга много-много лет: так непринуждённо и легко чувствовала она себя с Вадимом! Надо сказать, что в амурных делах девушка была не очень искушена. Большая любовь к мальчику из параллельного класса в средней школе, пара студенческих романов, которые закончились плачевно – вот и весь её сердечный опыт. Зато книг начиталась! Была ещё неразделённая любовь к профессору медицины, который девушку просто не замечал или делал вид, что не замечает. Профессорам не полагалось со студентками романы крутить. Маша же вздыхала по объекту своего обожания все пять долгих лет учебы.

А тут – Вадим!

Конечно, девушка была сражена! И осудить её за это трудно. Белокрысов был хорош собой, умён, заботлив и внимателен.

Маша же ему искренне понравилась своей непринуждённостью и непохожестью на дам из российского «гламура». Всё в ней было другое! Голубки наслаждались обществом друг друга, и время остановилось, как будто они находились на другой планете.

– Ещё что–нибудь желаете? – спросил вежливый официант.

Вадим и Маша оглянулись и поняли, что остались одни в опустевшем зале.

– Пошли на Москва–реку прогуляемся! – предложил Вадим, расплачиваясь.

– А не поздно? – засмущалась Маша, которая была готова бежать за Белокрысовым хоть на край света.

Тот только рассмеялся.

На набережной они, как полагается, целовались и бродили, обнявшись, пока не стало светать. Рассвет над Москвой-рекой был сиренево–розовый. Он сначала осторожно позолотил купола, пустил серебристые блики на воду, а потом заиграл в изумрудной листве и заблестел асфальтом.

Влюбленные подошли к отелю. Машина со спящим шофёром стояла у входа.

– Заснул, бедняга! А я забыл ему позвонить... нехорошо это. Ведь у него семья, заждались совсем, наверное! – сокрушался Вадим. – Жалко будить, но придётся.

Затем он довёл Машу до её номера и, поцеловав, пошёл прочь. Девушка удивилась, что он не попросил зайти.

«Может, в России так полагается?» – подумала она, вспомнив романы русских писателей позапрошлого века. Это, конечно, не вязалось с тем, что она видела по телевизору, но кто этих русских разберёт?

Заснуть девушка не могла, вспоминая прогулку и руки Вадима на своих плечах. Вдруг она услышала шорох под кроватью.

Но только отмахнулась, подумав: «Какая, всё–таки, я дура!...»

– Вот именно, что дура! – проворчал скрипучий голос снизу. – По ночам где–то шляетесь, вместо того чтобы спать и других не тревожить!

Маша вздрогнула и села. «Наверное, я сплю, и это мне снится!» – подумала она с испугом.

– Как же – снится! Усните сначала, попробуйте! Так ведь нет, не спится ей, видите ли! Ворочаетесь и кроватью скрипите! А вы не одни здесь, между прочим!

– Кто это ?! – в ужасе воскликнула Маша.

– Не кричите так, обслугу разбудите! А вам всё равно никто не поверит, сочтут за сумасшедшую! – сказал странный старичок и вылез из–под кровати.

Вид он имел довольно живописный: полметра в высоту, с большими заячьими ушами и с носом картошкой. Одет он был в красный кафтан и синие шаровары, на ногах – детские кроссовки фирмы «адидас».

– Почему не поверит? – спросила девушка, натягивая на себя одеяло.

– А потому! – крякнул старичок и вдруг исчез, появившись в другом углу комнаты. – Захочу, вообще в соседнюю комнату переметнусь. Только там толстяк какой–то храпит. А я, знаете ли, храп не переношу. Чувствительный я!

«Домовой!» – со страхом подумала девушка.

– Да, домовой! Отельный, в данном случае. А вообще Василием кличут, – сказал старичок и, оказавшись рядом с Машей, протянул ей маленькую лапку с длинными коготками.

Девушка с опаской пожала Василию лапу и почему–то успокоилась и даже развеселилась:

– Домовой так домовой! А сколько лет вы здесь живете, Василий?

– Много! Вас, барышня, ещё и на свете не было!

– А всё-таки?

– Про пожар Москвы слыхали? В то время я ещё не был домовым, а служил дворником. Дом тогда дотла сгорел вместе с прислугой всей. А я на пепелище очнулся в новом обличье. Испужался спервоначалу, а после ничего, привык, полюбил даже себя нового! Дом потом отстроили по чертежам, с тех пор я здесь и живу. А что, мне нравится! Раньше подневольный был, а теперь вроде околоточного, за порядком слежу, ну, и мусор мету по старой привычке. Обратили внимание, как чисто перед домом?

– Да, действительно, ни пылинки, – соврала Маша, которая особой чистоты не заметила, но решила, что с домовыми лучше не спорить. – А кроме вас, ещё домовые здесь имеются? Это я на всякий случай спрашиваю, чтобы не напугаться в следующий раз.

– Конечно! Прачка, повариха, конюх и дворецкий – сущий мерзавец. Но у нас все комнаты поделены. Так что не волнуйтесь, они вас не потревожат.

– А барин куда делся? Или барыня? – продолжала интересоваться девушка.

– Оне в отъезде были, когда дом сгорел. Убивалися от горя, бедные, я их потом на пепелище видел. А дом отстроил уже совсем другой господин для своей полюбовницы, артистки одной известной. Такого здесь насмотрелся, мать честная! Жесть!

Василий переходил то на простонародный язык позапрошлого века, то на современный сленг.

– Как же это всё интересно! – воскликнула девушка, забыв про сон: ведь не каждый день с домовым поговорить повезёт. – Расскажите мне что–нибудь! Ведь вы столько всего видели!

– Многое удалось повидать, многое, не скрою! А вы сама-то из каких будете, уж больно говорите чуднО!

– Иностранка я, из Америки. Вернее, не совсем. Отец мой в Петербурге родился и вырос, да и мама оттуда. Потом они в Америку уехали, где я и родилась.

– Из Америки!!! Останавливался тут один американец, боялся, бедолага, меня, и по–русски не понимал, убогий какой–то, но вежливый. Ему потом объяснили, что мне мисочку с водой и кусочек хлеба в углу надо оставлять. Он быстро научился, я его не беспокоил больше. Даже когда тот девиц в нумер таскал непотребных, молчал я. Иностранцев в нашей стране уважать надобно, спокон веку так завелось. Был бы наш, я бы ему показал, где раки зимуют! Не люблю беспорядка!

– Почему, Василий?

– Что – почему?

– Почему иностранцев уважать надо, а своих необязательно?

– Да так уж повелось на Руси! А почему? Кто же знает! Моё дело за порядком и чистотой следить! А вы, барышня, много вопросов задаете! Утомили старика. Почему, да почему... – раздражённо проворчал Василий и залез под кровать.– Не забудьте миску с водой и хлебушка кусочек в угол положить. А ещё лучше – водочки и огурчик солёный. Тогда и расскажу тебе что–нибудь. А сейчас спать, девонька! Вон и глазки твои слипаются. Да и мне отдохнуть пора!

У Маши действительно слипались глаза, и она провалилась в глубокий здоровый сон, попрощавшись с необычным гостем. Илона разбудила Марию в полдень громким стуком в дверь. Когда девушка открыла нетерпеливой подруге, та стремительно ворвалась в номер и, бросив взгляд на разобранную кровать, спросила:

– Что, Вадим уже ушёл?

– Да его здесь и не было! – ответила Маша .

– Как не было? Опять штучки твои заморские! Где же вы с ним Это?

– Что – Это? – не поняла Маша, – Ах, Эээто..! На набережной, по– американски!

– Правда, что ли??? Ну, ты даёшь, подруга! Стоя, что ли?!

Маша только смеялась, не отвечая.

– Не хочешь говорить, не надо! Какие планы? Мы со Славиком уже позавтракали и по магазинам собираемся. Вернее, собираюсь я, а он при мне. Вы ведь, наверное, гулять пойдёте по романтическим местам? А мне в печенках эта московская романтика, как и питерская, впрочем. Так что мы испаряемся до вечера. А может, ты с нами? Я такой бутик знаю! Закачаешься!

– Нет, спасибо, я погуляю лучше.

– Понимаю... – заговорщически сказала Илона. – Ну, я тебе тогда сама что–нибудь посмотрю.

– Да не надо мне ничего!

– Что ты понимаешь?! Чудо заморское! Ладно, беги влюбляйся! Там внизу тебя машина ждёт с шофёром Мишей. Когда он только спит, бедняга!

Маша закрыла за подругой дверь и прыгнула в душ. Пока струи воды приятно освежали её тело, девушка вспоминала ночного гостя.

«Интересно, это мне почудилось, или правда было?» – размышляла наша героиня. – «Ведь шампанского сколько выпили! Может, это только сон?...»

На всякий случай она позвонила в ресторанчик при отеле и попросила принести стопку водки, немного при этом стесняясь, что заказывает такое в столь ранний час. Про огурец забыла, но, когда официант принес заказ, то рядом со стопочкой лежал солёный огурец.

– Приятно опохмелиться, сударыня! – подмигнул черноволосый официант.

Маша вспыхнула было, но тот уже ушёл прочь.

«Странная страна, всё же! – подумала американка. – Водку пьют по утрам, и домовые в отелях водятся».

Девушке показалось, что под кроватью кто–то шмыгнул носом. А может, ей это только померещилось? Затем шофёр Миша отвез её в симпатичное кафе, где дожидался Вадим, читая новости в интернете.

– Извини, что не смог тебя встретить лично, надо было по бизнесу в одно местечко наведаться, – сказал он, поднявшись со стула и чмокнув Машу в щёку. – Как спалось?

«Сказать или нет про домового? Нет, не буду, вдруг засмеёт!» – подумала Маша, усаживаясь в удобное кресло.

Чашка ароматного кофе приятно грела руки, напротив сидел и не сводил с неё глаз самый красивый мужчина Москвы! Что ещё было нужно для счастья!

– А на Патриаршие поедем? – спросила девушка.

– Куда захочешь, красавица! – ответил Вадим, улыбаясь серыми глазами.

Целый день они бродили на Патриарших, катались на трамвайчике, посетили нехорошую квартиру, в которой располагался музей Булгакова. Маша пыталась проникнуться атмосферой романа великого писателя, но что–то ей мешало: то ли собственная влюблённость, то ли лица прохожих. Она спросила у Вадима, много ли осталось коренных москвичей в городе, и тот долго жаловался, что Москву заполонили приезжие, и рассказывал истории из невесёлой московской действительности. При этом поругивал правительство, обвиняя его в коррупции и грязных махинациях. Маша пыталась понять и постичь его речи, но не могла никак уяснить, почему же в России у власти оказываются люди, которые постоянно воруют и врут. Девушка была молода и неопытна и ей казалось, что этот старый мир можно изменить очень просто, стоит только захотеть.

– Но надежда, надежда есть? – подняла Маша голову и взглянула ему в лицо.

– Надежда умирает последней!

– Опять эти мрачные поговорочки! Что за народ такой, русские?!

– Такой вот странный народ! А ты сама–то кто? Впрочем, ты совсем другая, Маша, несмотря на твой превосходный язык ! – сказал Вадим серьёзно. – Не знаю даже, хорошо это или плохо. Ведь уедешь ты, окунёшься в свою американскую жизнь и забудешь Москву, меня и эту прогулку.

Девушка открыла было рот, чтобы возразить, как вдруг он неожиданно добавил:

– Оставайся ещё на неделю! Сможешь?

И посмотрел на девушку своим пронзительным взглядом, и в глазах его сверкнули искорки.

«А как же Генрих? Учёба?...» – промелькнуло в голове, но вслух она сказала: – Смогу!

Счастливый Вадим схватил её на руки и закружил посреди улицы. Лица неулыбчивых прохожих засияли, глядя на влюблённую пару.

На скамеечке сидели две пожилые москвички, и одна из них сказала другой:

– Вот и меня так когда то Никодим Никанорыч кружил на Патриарших... царствие ему небесное.

– Надо же, а с виду хлипкий такой казался! Как же он тебя с земли оторвал? – спросила подружка, смеясь.

– Да у меня талия осиная была тогда, и весила, я как пушинка! Неужели не помнишь? Да и Никанорыч крепкий был в те годы!

– Помню, подружка, помню... Всё помню! Это я так, смеюсь, а ты и поверила!

Потом обе затихли, углубившись в воспоминания..

Влюблённые бродили по московским улицам, заходили в кафешки, целовались на набережной и говорили друг другу бесконечные милые глупости.

– Может, рванем в Суздаль на пару дней? – неожиданно предложил Белокрысов.

Окрылённая Маша согласилась, не раздумывая. Оставалось заехать в отель подхватить вещи и попрощаться с Хвостовыми. В углу своей комнаты Маша обнаружила пустое блюдце. «Интересно – мыши или всё же Василий?» – думала девушка, складывая сумку.

Илона Хвостова, давая Маше последние напутствия, вдруг торжественно вручила пакет из модного бутика «Татьяна».

– Что это?

– Возьми с собой в дорогу, тебе пригодится. В Суздале и распакуешь!

– Спасибо тебе, Илонка!

– Носи на здоровье! Ишь, сияет, как самовар! Лимон съешь!

– Зачем лимон? – не поняла шутки Маша.

– Эх, Машка, скучно без тебя будет, – веселилась подружка. – Встретимся в Питере тогда. Мы сегодня вечером улетаем в родные пенаты, а ты наслаждайся! И не будь дурой! Помни все мои наставления. Как дитё, ей-богу! Костюм взяла?

– Взяла, – слукавила девушка, чтобы избежать упреков.

Сама же упаковала не всё, прихватив лишь белье, косметику и светло–жёлтое платье, в котором впервые увидела Вадима.

В Суздале было красиво и белокаменно. Проведя там день, влюблённые решили поехать дальше по Золотому Кольцу. Посетили Ярославль, Владимир, Ростов Великий, и конечно же, Сергиев Посад . Вадим и Маша засыпали и просыпались под колокольный звон. Впрочем, спали они совсем мало. Их молодым телам и душам отдых не требовался! Ночами любовь уносила нашу парочку в иные миры! По утрам они завтракали в постели. И шёлковый пеньюар – подарок Илоны – был чудо, как хорош! Купола церквей золотились на солнышке, и ничто не предвещало грозу. А гроза всё–таки грянула и пролилась прохладным ливнем по мостовым древней Руси. Дождь застал нашу Машу с Вадимом в одной из сергиево–посадских церквей. Внутри всё было тихо и торжественно. Они молча рассматривали полустёртые лица святых и слушали раскаты грома.

– Знаешь, а я ведь здесь с детства не был, – вдруг признался Вадим.

– Почему? Ведь это совсем близко от Москвы!

– Наверное, поэтому и не был! Полземли исколесил в поисках красоты. А красота – она здесь, под боком! Или это ты во всем виновата? Признайся, заговорила меня, ведьма рыжая?!

Маша посмотрела на него полными счастья глазами и мечтательно сказала:

– Вот бы и повенчаться в этой церкви!

Грянул раскат грома.

– Венчаться? Это нет... Я со свободой своей повенчан, горлица ты моя ясноглазая! – вдруг сказал Вадим, поменявшись в лице, и вышел из церкви под проливной дождь.

Маша сначала окаменела, а потом побежала за ним.

– Прости, прости! Я сказала глупость! – кричала она, глотая слёзы, которые бежали по щекам вместе со струйками дождя. Вадим погладил её по спине и сказал спокойным голосом:

– Возвращаться пора. Пошли в отель вещи собирать. И не плачь, красавица, не идёт тебе это.

В машине по пути в Москву царило тягостное молчание. Добрый Миша пытался шутить, чтобы как–то разрядить обстановку, но у него это получалось не очень.

– Что я такого сказала? – начала девушка разговор, когда Миша вышел из машины за сигаретами. – Не молчи, Вадим! Ведь это не всерьёз...

– Зачем ты оправдываешься, Маша?! Дело вовсе не в тебе, а во мне. Не надо было всего этого начинать, прости меня.

– Чего начинать? Что теперь будет?! Почему ты так?.. – плакала девушка.

Он только молча смотрел в окно и облегчённо вздохнул, когда появился Миша с пачкой Мальборо. Машина двинулась, и Вадим попросил шафёра закурить.

– Вы же не курили лет пять! – удивился шофёр, протягивая сигарету.

– Не курил, а теперь курю. А ты крути баранку и не задавай лишних вопросов!

– Как скажете, – пробурчал обиженный шофёр.

«Как страшно может поменяться человек в одно мгновение, – думала Маша, утирая слёзы. – Почему он стал таким? Какая я дура, ведь он, наверное, решил что я хочу его на себе женить! Что же теперь делать?»

К отелю они подъехали поздно ночью. Белокрысов проводил Марию до двери в номер и сказал, что позвонит завтра. Разбитая девушка медленно вошла в комнату и опустилась на постель. Часы показывали полночь. Маша сидела на кровати, свернувшись комочком и думала о своей несчастной жизни, периодически всхлипывая и глотая солёные слёзы.

«Что же делать? Как всё вернуть? Или взять и уехать? Но куда же я теперь денусь? Проклятая Москва! Зачем мне всё это?!» – проносились в голове несуразные мысли.

– Москва–то тут при чём? – раздался трескучий голос из–под кровати.

– Василий, это вы? – обрадовалась девушка домовому. – А я–то думала, вы мне приснились. Вы, что же, умеете читать мысли?

– На то я и домовой, чтобы всё уметь и за порядком следить! – наставительно сказал Василий, вылезая из–под покрывала. – Вы, вот, барышня, плачете на кровати, сырость разводите. Если хотите пореветь, ревите в ванной комнате, там пол кафельный.

– Простите, я не нарочно. Не подумала, просто... – начала оправдываться девушка, хлюпая носом.

– Держите платочек батистовый, высмаркивайтесь! – Василий подал Маше пожелтевший от времени платок с вышитыми красными нитками инициалами «АН».

Вид у платочка был такой, что, казалось, возьми его в руки – и он рассыпется в прах. Маша осторожно приняла его из когтистой лапки Василия, боясь обидеть старика. Но к лицу подносить платок было боязно, и она замешкалась, рассматривая инициалы.

– Что смотришь? Не картина енто, а платок носовой. Сморкайся!

Маша поборола брезгливость и уткнулась в платок лицом. От него исходил запах чистоты и свежей лаванды. Девушка громко высморкалась и – вдруг в голове её неожиданно просветлело. Мрачные мысли ушли, и плакать больше не хотелось.

– Вот спасибо, Василий! Какой платочек душистый!

– То–то же, а то ломаются, как на первом свидании. Этим платочком ещё Алевтина–душечка слезки утирала.

– А кто такая Алевтина? – спросила Маша, протягивая платок обратно Василию.

Тот спрятал его в карман и не спеша ответил:

– Скажу, если водочки нальешь. А то оставила старика без воды и провизии, а сама с полюбовником на прогулку укатила... нехорошо енто! – ворчал домовой, забираясь в кресло.

– Так без воды или без водки?– хитро спросила девушка, набирая номер ресторана, чтобы сделать заказ.

– Какая разница! Для русского мужика всё едино! – Василий подбоченился. – И закусочки пусть сообразят. Солёного огурчика, селёдочки и севрюжки!

Маша заказала бутылку водки, разносолов и рыбное ассорти.

– Вот это по–нашему! – обрадовался Василий и от удовольствия зашевелил большими острыми ушками. – А ты, девонька, добрая! Забывчивая только больно!

– Прости меня, Василий! Я тогда впопыхах собиралась, не подумала, что ты здесь голодать будешь!

– Мы, домовые, людей обычно за это наказываем. Но тебе я прощаю, так и быть, вижу душа у тебя хорошая!

В дверь постучали, и Маша спросила домового, перед тем как открыть:

– Вы, может, под кровать спрячетесь?

– Зачем это? Буду я ещё бегать!

– Но официант же увидит!

– Ну так что? Оне к нашему брату привычные.

И правда, вошедший с подносом черноволосый официант кивнул Василию и, поставив поднос на стол, с достоинством удалился.

– Видала?! Нет, не такие половые в наше время были! – проворчал старичок, потирая лапки от предвкушения предстоящего пиршества. – Почтения никакого! Эх, молодежь... прислуживать не умеют, а всё туда же – в половые!

– Ну, что, закусим, а то я что–то проголодалась! – весело подмигнула домовому девушка, раскладывая закуску по тарелкам.

Потом она потянулась к запотевшему графину, но Василий её опередил. Он вскочил на стол и стал разливать водку сам.

– Это дело мужское, ответственное... – важно сказал домовой. – Уважишь старичка, выпьешь со мной, девонька?

– Отчего же не выпить!? Выпью, конечно, раз уж в России так полагается!

– Ну, вздрогнем тогда! – воскликнул домовой и опрокинул стопку. При этом его розовый нос картошкой порозовел ещё больше.

– Зачем вздрагивать? – не поняла Маша, слегка сморщив носик от горькой российской водички.

– Енто поговорка такая! Говорят так на Руси! Огурчик возьми или селёдочки и закуси по–человечески! Ишь, носом задёргала! Непривычная, видать?!

– Непривычная, это точно.

– Дык привыкай! Здесь без закалки никак нельзя!

И Василий налил вторую стопку. У Маши потеплело в груди.

– Хороша водочка! Хоть и не такая как раньше, конечно, – отметил Василий.

Выпив и закусив, домовой уселся в кресло поудобнее и зевнул. Его малиновый колпак слез на сторону, и ясные голубые глазки затуманились.

– Э, э... не спать! – воскликнула раскрасневшаяся Маша. – Как же история про Алевтину? Да и другие вопросы у меня к вам, Василий, имеются!

– А знаешь, девонька, зови меня просто Васей. А спать я и не думал! – домовой потёр глаза кулачком. – Про вопросы твои, «другие», мне всё известно. Поэтому начну сначала. Подай мне одеяльце, вон то, беленькое, ноги у старика зябнут!

Маша самолично замотала маленькие ножки Василия в белый плед и приготовилась слушать.

2.6 Рассказ домового Василия

– Не повезло тебе, девонька, с полюбовником! Над семьей его рок тяжелый висит! Искупает грехи своих прапрадедов бедняга Вадим. Но здесь уж ничего не попишешь.

А началось это так.

После пожара того злополучного землю купил купец Белокрысов. И дом отстроил по чертежам заново. Хорош дом получился, ой, хорош! Ещё лучше прежнего, хотя и прежний был на зависть всем!

То, что ты сейчас видишь – жалкие остатки былой роскоши! В революцию басурмане эти здеся безобразия учинили! Сердце кровушкой обливалось, когда матросня малокультурная лампы старинные била и на ковры персидские сплёвывала! Я их пугал, конечно, как мог. Одного до смертоубийства довел, из окна второго этажа горемыка выбросился. Царствие ему небесное! Хоть и дрянь был человек! Об плюшевые портьеры руки свои немытые вытирал! Ну, я и явился в обличье барина, им, злодеем, убиенного в Тверской области. Раз явился, два явился. Ну а потом не выдержал он, слабоват оказался матросишка! Ну да, бог с ним! Дрянь был человек!

Потом начальство пролетарское ихнее очухалось. Лампы бить перестали, себе стали тащить добро барское. Креста на них нет! Стены сломали, комнатов понастроили крошечных и понаселили туда народу разного... Уж я их пугал, пугал! А им, душегубцам, хоть бы что! Один только матросик был слабонервненький!

Что мог, я уберег, конечно! Между балками храню. Портрет Алевтинушки–душеньки, ангелочка фарфорового и шкатулочку перламутровую с золотой инкрустацией. Мог бы продать за большие деньги, но нам, домовым, деньги ни к чему! И так всё имеем, что захотим.

– Так кто Алевтина была? И про купца Белокрысова... – нетерпеливо перебила Маша.

– А ты не перебивай, а то вообще рассказывать не буду! И водочки из графинчика плесни, несподручно мне самому! – строго ответил Василий, сморкаясь в суконный пиджак.

Выпив водочки и закусив севрюжкой, домовой продолжил удивительную историю:

– Так вот. Дом ентот купец отстроил для Алевтины Нежиной – известной актрисы Александровского театра. Красавица была! Сейчас таких нет больше женщин в России.

Вот, хоть тебя взять, с лица вроде ничего, но худа как щепка! И форм никаких!

А Алевтина была статная, пышногрудая, и все у неё было! А талант какой! Я сам её на сцене не видел, по театрам не хожу, сама понимаешь, некогда мне, делов по горло. Но в Александровский кого попало не возьмут! Справная была актриса, стало быть. Купец Вадим Иванович влюблены в неё были без памяти! Да, да, тоже Вадимом прозывался. Мало ли на Руси Вадимов!

Алевтина, хоть и актриска, но душою – сущий ангел! Мы с ней вечерами чаи гоняли с бубликами и пирожными. Любила душечка пирожные! Ну и шампанское французское сильно жаловала, и меня угощала, но я больше по водочке. Пил, конечно, чтобы не обижать Алевтинушку.

Вадим Иванович самоцветы дарил касатушке и броши золотые! Самолично с Урала привозил. Один раз ожерелье изумрудное на шейку надел. А она возьми да и расплачься:

– Не хочу злата и самоцветов! А хочу быть с тобой навеки!

Купец её, стало быть, уговаривать бросился:

– Потерпи, говорит, горлица моя ясноглазая! Не могу я сейчас Пелагею Тарасовну бросить, болеет она сильно!

Пелагея Тарасовна – жена, стало быть, законная, в загородном имении проживала.

Алевтина ждать согласилась, но закручинилась. А грустить она долго не умела, весёлая была. Стала гостей к себе звать. Поклонники роем за ней волочились, офицерик один молоденький стреляться хотел от любви. Алевтинушка его пожалела и приголубила на божественной груди своей. В этот самый момент барин Белокрысов и явился. С корабля на бал, так сказать! С Урала самоцветов в Москву привез, сдал их в лавку и к полюбовнице. А тааам такое!!! Вадим Иванович хотел их обоих сперва порешить из этого же самого пистолетика, которым офицерик стреляться хотел. Но Алевтинушку пожалел. Офицерику же прямо в самое сердце попал.

Потом на каторгу его упекли. Алевтина за ним поехала, там и сгинула, бедняжка от морозов. Нежная она была, а там морозы... Вот и зачахла!

Несколько лет дом пустовал, мне пришлось набеги на соседние лавки совершать, пропитание добывать. Мы, домовые, народ неприхотливый, но дома заброшенные не любим. Темно там и зябко. Ох и намучился я!

Вдруг Вадим Иванович в Москву приехал на тройке белых лошадей! Лошади такие целое состояние стоят, уж поверь мне, знаю, хоть и не конюх! Поселился, стало быть, в доме этом. Я поначалу обрадовался, а потом смотрю, вроде как барин на самого себя непохож стал. По Москве слухи пошли среди домовых.

– Что таращишься на меня, девонька? У нас, домовых, сходки бывают специальные, обсуждаем проблемы, танцуем. Да-да, и танцуем! Что мы, не люди?

Так вот, слухи пошли, что барин наш душу самому дьяволу продал! Никто не знал, как он с каторги возвернулся, нечистое это дело было! И с такими деньжищами!

В карты стал играть, вино пить без меры. Жена его Пелагея в монастырь ушла. Так он себе новую взял, молоденькую совсем. Ольгой звали. Она по дому бродила, всё плакала. А барин – то на скачках, то в ресторациях с беспутными девками, то с цыганами в таборе дни и ночи пропадает!

Страдала бедняжка Оленька! Тихая была, скромная, как цветочек полевой. От меня шарахалась поначалу, а потом привыкла и даже молочка стала наливать. Угасла безвременно при родах.

Мальчика Аристархом окрестили. Хозяина опять как подменили. Стал он печален, вино пить бросил. Сидел у себя в кабинете, думу думал. Потом собрался и уехал по миру путешествовать. А Аристарха оставил мамкам да нянькам. Вернулся, когда тот гимназию заканчивал. Славный был мальчик, на маму похож: тихий такой, с глазами–незабудками. Батюшку уважал и побаивался. В день восемнадцатилетия папаша его на секретный разговор в кабинет вызвал. Я подслушать хотел по привычке, но барин меня из–под кровати за ухо вытащил и – вон из кабинета! Чуть ухо не оторвал! И тут произошло странное: я обратно пытался через дымоход пролезть, но попадал все время не туда: то в спаленку, то в столовую. Не случалось со мной такого! Я же в доме все закоулочки знаю! Чертовщина, говорю тебе!

Женился Аристархушка после папенькиной смерти уже. Жену себе выбрал веселую! Хохотала хохотушка и... дохохоталась! При родах скончалась, бедолага! Так же, как и Ольга, царствие ей небесное! Аристарх загоревал совсем, уж больно женушку любил.

А когда хоронил её, бросился на гроб и закричал:

– Эх, папенька! Что же ты наделал! Прокляты мы все,

Белокрысовы!

Потом, правда, опять женился, думал, обойдётся на этот раз. Не обошлось. Аккурат после родов умерла вторая жена. Никто не понял, почему, угасла как–то. А сынок богатырь родился. Получаются все смерти по женской линии. Не иначе как Вадим Иванович сделку с самим дьяволом заключил, чтобы с каторги постылой сбежать! Тот озолотил его, горемыку, а взамен горе поселил в семье этой на веки вечные!

Проклят род Белокрысовых!

Маша сидела с широко раскрытыми от ужаса глазами. Ей вспомнился тот странный сон, где Вадим мчался на конях.

– А Вадим? – спросила она срывающимся голосом, налила себе стопку водки и разом её опрокинула.

– А что Вадим? – грустно ответил домовой. – Он последний из Белокрысовых остался! Удачливый в бизнесе, как все Белокрысовы. Дом, вот, фамильный купил, отель организовал. Ко мне уважительно относится, мы иногда с ним сидим так же водочку выпиваем, закусываем. Но ты, девонька, беги от него! Род этот проклятый!

За окном ударили раскаты грома.

– Дождь будет. Мне пора! Иди, девонька, поспи.

– Да не усну я теперь ни за что! – воскликнула девушка.

– Уснешь, девонька, уснешь . . . – сказал домовой. Затем он спрыгнул с кресла, взял машину руку в свою когтистую лапку и проводил девушку до кровати. Когда та присела, Василий достал заветный платочек и махнул им перед девичьим лицом. Она зевнула и, упав на постель, забылась глубоким сном. Василий заботливо накрыл спящую Машу одеялом и исчез под кроватью.

Утреннее солнышко ласково коснулось машиной щеки. Она открыла глаза и сладко потянулась. Затем, стараясь не думать о Вадиме, спустилась вниз и выпила чашку крепкого кофе.

– Что–то вы рано сегодня, барышня! – улыбнулся черноволосый официант, который был свидетелем её посиделок с домовым Василием.

Маша ничего не ответила, только приветливо кивнула

и подумала о том, что в этом отеле никуда не деться от любопытных глаз. Возникло острое желание побыть одной. Она вышла из дверей и побрела по улице.

Город просыпался и начинал шуметь привычным машинным гулом. Москвичи спешили на работу, а наша американка шла неторопливым шагом и думала о том, что делать дальше. «Проклят, проклят, проклят...» – звучало эхом в её голове.

Москва без Вадима вызывала у неё отторжение. Хмурые лица прохожих, бедные старушки, просящие милостыню у помпезных храмов... Всё это было и раньше? Или она просто не замечала?

Гуляя по центру города, она набрела на большое мрачное здание на Лубянке. «Бррр...» – поежилась девушка, вспомнив страшную репутацию этого дома. Она ускорила шаг, чтобы обойти его как можно быстрее, и вдруг увидела метнувшуюся за колонной тень. Маша хотела было пройти мимо, как вдруг оттуда выскочил худосочный светловолосый юноша с пустыми глазами.

– Бегите отсюда, девушка! Они всё знают! Бегите, бегите!

– Что знают? – спросила испуганная Маша, но юноша уже удалялся змейкой между колоннами с искажённым от ужаса лицом.

«Сумасшедший», – решила девушка, продолжая путь. От страха она уже почти бежала, натыкаясь на спешащих прохожих. – «Что я здесь ищу, в этом городе? Чужой он мне и страшный! Надо бежать, прав был Василий!» – проносились в голове быстрые мысли.

Она продолжала свой путь, опустив глаза и предаваясь невесёлым думам, и даже не заметила, как оказалась на Красной площади. Посмотрев на Кремль, девушка подумала: «Сколько же человеческих судеб прошло через эти стены!». Она на минуту закрыла глаза и как будто услышала голоса людей из далёких эпох, говоривших на старорусском наречии. Маше привиделась златовласая красавица в холщовом сарафане с кокошником на голове. Та звонко смеялась, а человек в чёрном шептал ей что–то на ухо. Кругом ходил народ, восхищаясь красотой златокудрой боярышни, а она только дразнила всех заливистым смехом. Человек в чёрном вдруг сжал её локоть и потащил девушку в сторону Кремля. Боярышня замолкла, в глазах промелькнул испуг, и смех перешел в громкий плач с молитвами и причитаниями.

– Отпусти голубку нашу, раскрасавицу! Ирод проклятый, погубитель! – кричал возмущенный народ.

Но человек в чёрном шел, не оглядываясь, и тащил рыдающую девушку. Минута – и они скрылись за кремлевской стеной. Маша открыла глаза и, мотнув головой, стряхнула с себя наваждение.

«Привидится же такое!» – подумала девушка и посмотрела вверх на Кремль, который показался ей мрачным казематом. Рубиновые звезды светились недобрым блеском.

– Ну что, девонька? Постигаешь матушку Россию-великомученицу?! – раздался голос снизу.

Маша вздрогнула и опустила взгляд. Внизу никого не увидела, кроме бездомного облезлого пса дворовой породы. Она оглянулась вокруг. На площади было, как всегда, людно. Бродили толпы туристов, фотографируясь с большим усталым медведем – национальным российским животным.

– Пойдём, с косолапым парой слов перебросимся, а то скучает он! – сказал Пёс и направился в сторону фотографа с медведем.

Маша стояла как вкопанная. Пёс тоже остановился и посмотрел на неё вопросительно:

– Что стоишь удивляешься? Псов говорящих не видела?

– Не видела. А вы всегда были псом? – осторожно спросила девушка, делая шаг вперёд.

– Если купишь мне пирожок с мясом или, ещё лучше, «горячую собаку», я расскажу тебе много интересного! Не понимаю только, почему сосиски «горячими собаками» прозвали! В Америке что, собак едят? Я бы не удивился! Они, америкосы эти, – вообще варвары! – говорил Пёс, идя рядом.

– Никто в Америке собак не ест!

– Ах, да... Ты же американочка! Мне Василий говорил, да я запамятовал.

– Василий? Вы знаете Василия?

– Кто же его не знает? Хороший домовой, душевный! Домовые ведь тоже разные бывают... – начал было Пёс, но они уже подошли к махавшему лапой медведю.

– Здорово, косолапый! – приветствовал его дворняга.

– Здорово, коль не шутишь! А это кто с тобой? Иностранка?

– Как вы догадались? – воскликнула Маша, больше не удивляясь говорящим животным.

– У меня на иностранцев глаз намётанный! Андрюшка, фотограф мой, с них три шкуры дерёт! И правильно, народец жлобоватый, прижимистый! То ли дело наши! Особенно после рюмки водки! И деньгов дадут и пирожком угостят, а уж если на задние лапы встану, то и стопку налить могут. А я, как национальное русское животное, от стопочки не отказываюсь! Вот и сейчас с утра опохмелиться дали. Добрейшие люди! А иностранцы эти... Один раз «зелёных» на меня натравили. Ущемляют, дескать, мои интересы. Дескать, работать я не должен, а должен в клетке сидеть, по–ихнему. И ещё обвинили Андрюху, что тот спаивает меня-бедолагу! А как русскому медведю без водки?! Не понять им русской души, ни в жисть не понять!

– Хватит трепаться! – перебил фотограф Андрей своего питомца. – Работать давай! Девушка, не желаете ли фото? Ду ю спик инглишь?

– Да я и по–русски могу, – ответила развеселившаяся Маша, – и с мишкой сфотографируюсь с удовольствием!

– Раз вы так по–русски хорошо говорите, да ещё с псом Игнатом пришли, так и быть – скидку сделаю! – засуетился Андрюха . – Вставайте рядом с Мишкой!

Маша встала рядом с медведем, а Пёс отошел в сторону.

– Игнат, может, и ты с нами? – крикнула девушка собаке.

Но тот пробурчал:

– Не фотогеничен я, на фотографиях неважно получаюсь. Потом расстраиваюсь всегда. Вы уж лучше без меня!

Андрей щелкнул медведя с девушкой, а потом спросил:

– Как зовут тебя, красавица?

– Маша.

– Маша и медведь! – рассмеялся фотограф и, пообещав

прислать фотографию, побежал к следующим клиентам.

Медведь церемонно распрощался: пожав Маше руку и поцеловав её на по–русски три раза.

Пропахшая медвежатиной девушка побрела дальше. Рядом трусил Пёс Игнат, не отставая от неё ни на шаг. Они долго шли, беседуя о жизни. Маша купила четыре хот дога для пса, но тот сказал, что на ходу есть не будет, и привел её в уютный скверик во дворе большого жилого дома. В этот час там было пустынно, и Маша с Игнатом могли спокойно поговорить, не вызывая удивлённых взглядов прохожих. Собачьего голоса те не слышали, а только наблюдали за девушкой, говорящей сама с собой с лёгким американским акцентом. Один бдительный гражданин подумал: «Не иначе, как шпионка! Развелось их в последнее время в России, от этого и жизнь никак не наладится! И настучать стало некуда, кому нынче нужны шпионы?! Сущий бардак!»

Гражданин подошёл к постовому милиционеру пожаловаться, но тот поднял его на смех:

– Мало ли психов по городу ходит, сами с собой разговаривают! Что же – мне каждого арестовывать?!

– Так ведь с акцентом и с собакой без поводка и намордника!

– Ну и что, что с акцентом? Сейчас каждый второй в Москве с акцентом! А собака без поводка... может она, того... дрессированная! Не мешайте работать, дедуля, – сказал постовой, останавливая очередную машину, в которой водитель сразу полез за кошельком.

– Работнички! Проморгали Россию, великую страну! То ли дело при Иосифе Виссарионовиче! Порядок был, а сейчас...

Прохожие шли мимо с равнодушными лицами, и бдительного старичка никто не слушал.

А Маша тем временем удобно расположилась на скамейке и приготовилась слушать Игната, который быстро покончил с сосисками и, лизнув девушке руку, уселся рядом.

– Никогда не стал бы у приятной дамы сосиску выпрашивать, но от собачьей жизни, знаете ли... – начал он с извинений.

– Ничего страшного. А вы давно с Василием знакомы?

– Да... лет двести уже, – сказал Игнат, задумавшись.

– Двести!!!??? Так вы что, тоже из домовых?

– Нeee... из дворовых я! «Я – дворянин московского двора»! Слыхали песню такую? Хорошая песня! А чьи стихи – запамятовал... Не помните, кстати? Нет? Ну да, вы же иностранка!

Пёс лениво почесался левой лапой. И вдруг весь напрягся и рванул за рыжей кошкой, которая быстро вскарабкалась на соседнее дерево.

– Простите, инстинкты, знаете ли... Никуда от них не деться!

– Ничего, я понимаю, – участливо ответила Маша. – Так кто вы всё–таки?

– Я Вечный Пёс!

– Вечный Пёс... Как это?

– Не спрашивайте, это большой секрет. Меня Василий попросил за вами приглядеть и развлечь, а вы в собачью душу залезть норовите! Нехорошо это!

– Простите, Игнат, я не хотела. Просто Вечных Псов никогда не видела, – сконфуженно оправдывалась девушка.

– Ничего, простил уже, – сказал Пёс, примирительно лизнув Маше руку, – вижу, что не со зла.

Пёс посидел немного и мечтательно начал:

– Бабушка моя русской борзой была, царствие ей небесное! Если бы не согрешила с соседской дворнягой, я бы сейчас не здесь сидел... А потом пошло-поехало: матушка ещё хоть немного на борзую была похожа, тонкоморда и тонколапа. Но ротвейлера встретила, влюбилась. Оттого у меня и морда такая впечатляющая. Правда, если долго смотреть на меня в профиль, то можно разглядеть тонкие аристократические черты. Не находите?

Пёс повернулся в профиль. Маша кивнула, чтобы не обидеть Игната, и погладила его по широкой, слегка вытянутой морде.

– Мерси, я ласку люблю. Нечасто меня балуют в последнее время. Про щенячьи годы вспоминать не хочу, давно это было. Жили мы не бедно, на одном постоялом дворе.

Питались объедками из харчевни. Народа много разного повидал на своём веку, а эту харчевню никогда не забуду. Хозяин злющий был, всё ногой норовил пнуть. А хозяюшка! Та добрая была женщина, то по ушам потреплет, то косточку бросит. Много ли нам, собакам, надо?! Эх, жизнь! Потом я воевать пошёл!

– Воевать? Как это? – удивилась Маша.

– А вот так. Приглянулся гусару одному. Бедовый был гусар, Николаем звали. Это в 1812 году было. Мы с Николаем бок о бок французиков били, он штыком, а я зубами. В Бородинском сражении участвовали. Меня сам Кутузов по голове трепал, а Николаю орден дали за боевые заслуги. Я его несколько раз от смерти спасал, Николаюшку моего! Драл за ноги французиков этих, не жалея зубов своих! Мы с хозяином вместе окопных вшей кормили, то есть, у него были вши, а у меня блохи водились окопные. Злющие твари, хочу сказать. Врагу не пожелаешь! Николай родом из дворян был, манерам меня учил хорошим. Я с тех пор всем дамам к ручке припадаю. Целовать не получается, правда, как ни старался, а вот лизнуть – всегда пожалуйста. Люблю я дам! Нежные они, и пахнет от них сладенько. – Пёс облизнулся и продолжил: – Николай тоже барышень любил, от него я эту любовь и перенял. Хороший он был гусар, Николай! И из себя красавчик! Жалко, что в землю сырую лёг молодым совсем. Меня с ним в одну могилу зарыли, там много людей полегло тогда, а из собак я один. Кони, правда, ещё были, но их не закапывали, ели конину. А как же? Я и сам любил мяско конское, мне косточки давали обгладывать, при жизни, конечно.

– Так вы на Бородинском поле побывали? И погибли вместе с Николаем? – спросила Маша, затаив дыхание.

– Пал смертью храбрых, так сказать, – продолжал Игнат, – а потом в собачьем раю очнулся. Смотрю, кругом всё белое, чисто так, блох никаких, и пуделиха кудрявая со мной рядом идёт, хвостиком крутит. Тоже белая, как снег, и прекрасная! Это после окопов–то! Я совсем голову потерял от счастья! Кругом голубизна и облака пушистые! И дышится легко, как в щенячестве! Я не сразу понял, куда попал. С пуделихой флиртовать было стал, а она и говорит по–собачьи, конечно, но хрустальным таким голоском:

– Иди за мной, Игнатушка, и ни о чём не спрашивай!

Я и так голову от любви потерял и ни о чем спрашивать не собирался. О чём тут спрашивать, когда пуделиха ангельской красоты за собой зовет?! Шли долго, вернее, не шли, а летели почти, не касаясь земли, окуная лапы в белоснежные облака. А потом увидели Его! Я сразу понял, что это Он! Беленький такой, сухонький, породы неопределённой. Я таких никогда не видел! Уши длинные, глаза умные, в лапах – жезл.

– Приветствую тебя, Игнат! – говорит, улыбаясь.

Я поклонился, да и только. Ком в горле застрял от почтения, как будто кость проглотил.

А Он продолжает:

– Жизнь ты прожил славную и погиб как герой. За это дарую тебе выбор. Можешь остаться здесь навсегда. Оглядись вокруг! Красота! Будешь порхать с облака на облако, со звезды на звезду. Снежана-пуделиха будет сопровождать тебя, покажет Собачий Рай, с его обитателями познакомит. У нас общество изысканное, все псы проверенные, случайных собак не держим, только самые достойные представители нашей собачьей породы. Ты посмотри, поживи здесь с недельку! У нас всё включено – и стрижки, и санаторий для ветеранов. Тебе не мешало бы в себя прийти, выглядишь ты неважно.

– А каков будет второй, так сказать, вариант, Ваше Собачье Высочество? – осмелился я спросить, видя, что Он со мной ласков.

– Какое я тебе Высочество? – ответил Собачий Бог. – У нас тут Высочеств нет! Мы все высоко! Называй меня просто Кузьма Собакович, меня так в миру нарекли. Второй выбор такой: за твои заслуги перед отечеством и перед собачьим родом могу тебя сделать Вечным Псом.

– Как это?

– Как? А вот так! Я верну тебя в этот кошмарный мир, и ты будешь там жить вечно. При этом счастья не обещаю, – ответил Кузьма и хитро подмигнул. – А пока в санаторий!

Тут Игнат прервал свой рассказ, увидев белую пушистую болонку, которая стояла в стороне и выжидательно на него смотрела.

– Прости, Маша, мне надо отойти на минутку, тут дама одна знакомая...

– Что же она не подойдет? – весело спросила девушка.

– Стесняется. Ну, и побаивается, конечно, в прошлый раз её моя подружка–догиня чуть не загрызла из ревности. Она же маленькая, вот и опасается. А вообще–то дама из хорошей семьи, Лизой зовут. Ей двенадцать, но выглядит на семь. Маленькая собачка до старости щенок! – сказал Игнат и пошёл к «блондинке».

Они понюхали друг другу хвосты, что считалось собачьим приветствием, а потом засеменили к ближайшему подъезду. Игнат скоро вернулся.

– Проводил Лизу до подъезда, сказал ей, что зайду позже! – отчитался Пёс. – Так на чём мы остановились? Ах, да... Собачий Рай! Эх, хорошо там было! И санаторий для ветеранов, и пуделиха! Общество изысканное, безусловно! Болонка самого Наполеона ко мне чувства питала! Да вот...

– Так что же вы там не остались?

– Не смог я, затосковал.

– Но как же, Игнат, – начала Маша,– не понимаю я вас! Ведь посмотрите, как вы живете? Ведь у вас и крова над головой нет, и еда не каждый день перепадает! Вон, худющий какой! А там бы жили, как у Христа за пазухой, горя не знали!

– Вот именно, что как у Христа за пазухой. Не могу я так, независимый я! Русский я, понимаешь! А живу не так уж и плохо. Все меня знают и любят, друзей пол–Москвы. Даже с медведем тебя познакомил. Где бы я в Собачьем Раю медведя встретил? А тут мне всё интересно, а я разнообразие люблю и на свою жизнь не жалуюсь. Единственное, тоска иногда нападает, особенно, когда друзей хороню. Знаю, что им там хорошо будет, а всё равно грущу. Вот болонке Лизе лет пять осталось, наверное... Грустить по ней буду, хорошая подружка, нежная и заботливая, всегда лакомый кусочек для меня за щекой припрячет.

Маша почувствовала голод и спросила Игната:

– Может, пойдём пообедаем? Я угощаю!

– Не могу я, – сказал Вечный Пёс, крутя хвостом, – болонке Лизе обещал вместе отобедать, обидится, если не приду, она для меня косточку у хозяйки позаимствовала. Вы уж, барышня, не серчайте. Василию привет!

Маша только успела открыть рот, а Игнат уже растворился в темноте подъезда, лизнув ей на прощание руку.

«Пора назад в Америку возвращаться, – думала Мария, сидя в такси по дороге в отель, – хватит с меня чертовщины!»

– Как гуляется, девушка? – водитель повернулся и посмотрел ей в лицо.

– Хорошо прогулялась, спасибо, – вежливо ответила Маша и углубилась в свои мысли.

– Пятьсот рубликов с вас, – отвлёк её от дум таксист, подъехав к отелю.

Девушка отсчитала пятьсот рублей и, подавая их водителю, вдруг заметила, что изо рта у того торчит говяжья косточка. Увидев её удивлённый взгляд, водитель чуть не поперхнулся.

– Ну, что смотрите в рот? Не видите, обедаю я! Мы же таксисты – тоже люди!

В это время из отеля вышел привратник и, услужливо открывая Маше дверь, поздоровался с шофёром:

– Привет, Игнат!

Тот махнул ему в ответ и, нажав на газ, быстро рванул вперёд.

– Игнат? Вы что, его знаете?– взволнованно воскликнула Маша.

– Кто же Игната не знает?! Он здесь каждый почти день калымит, хороший водила. А что?

– А он..? – начала она было и осеклась. – Ничего, это я так...

«Перегуляла девушка, а с виду вроде трезвая», – подумал привратник.

Маша больше вопросов задавать не стала и поднялась к себе в номер, с улыбкой вспоминая добрые собачьи глаза.

«Так и не позвонил, – размышляла она, печально складывая вещи в небольшую дорожную сумку, – вот и костюмчик не надела, зря только с собой брала...»

Застегнув молнию на сумке, девушка хотела спуститься вниз, чтобы заказать билет на Санкт-Петербург, как вдруг зазвонил телефон. Маша взволнованно сняла трубку и ... услышала вежливый голос портье.

– Ах, это вы... – невольно вырвалось у неё, – а я как раз хотела вас попросить заказать мне билет до Питера.

– А ничего заказывать не надо, сударыня. Я как раз вам звоню, чтобы сказать, что билет на сегодняшний ночной поезд вы можете забрать у нас, когда вам будет удобно. Поезд отправляется в 22 часа, я вам такси уже заказал. Вопросы будут?

– Нет, – ответила Маша грустно и, подумав, добавила, – скажите, чтобы из ресторана водки принесли, и закусить что-нибудь.

– Будет сделано в лучшем виде, сударыня.

Девушка грустно сидела на кровати и смотрела в одну точку. Из транса её вывел стук в дверь. Черноволосый официант поставил поднос на стол и спросил:

– В одиночестве сегодня ужинаете?

Маша раздражённо дернула плечами:

– А вы всегда гостям личные вопросы задаете?

– Нет, только самым симпатичным! – отшутился черноволосый.

Закрыв дверь, она разлила по стопкам ледяную водку из графина, мысленно позвав домового Василия. Тот не откликнулся, Маша заглянула под кровать и, конечно, ничего кроме чёрной пустоты там не увидела. Нацепив на вилку кусочек буженины, девушка хотела было опрокинуть стопочку в одиночестве, как вдруг из–под кровати показалась белая кроссовка «адидас», а потом выполз сам Василий, посапывая и отфыркиваясь. Маша радостно вскочила и помогла домовому забраться в кресло. Поздоровавшись, тот недовольно проворчал:

– Разбудила старика, мы, домовые, днём почиваем. Да и возраст уже не тот, чтобы вскакивать по первому зову. Вот доживи до моих лет, тогда поймёшь. Третья сотня пошла, не мальчик уже.

– Да уезжаю я, Василий. Попрощаться хотела, прости, что разбудила, – виновато проговорила девушка.

Но Василий уже увидел накрытый стол, и глаза его подобрели.

– Не попрощавшись, оно, конечно, не по–русски совсем... Мы же не англичане какие. Вот у них принято, я слыхал. – Потом поднял рюмочку и, почесав при этом свой картошкообразный нос, произнёс: – Ну что, вздрогнем! За отъезд!

Маша молча смотрела, как домовой поглощает закуски одну за другой.

– А ты что не кушаешь?– спросил тот с туго набитым ртом.

– Не хочется, но вы кушайте, не стесняйтесь.

– Я и так не стесняюсь, что мне стесняться в собственных владениях. Это ведь вам, смертным, кажется, что вы что–то имеете, поэтому и потерять боитесь. А мы, домовые, здесь долго ещё жить будем. Эх, сколько я на своем веку повидал! А сколько предстоит ещё!

– Не устал? – спросила девушка.

– Устал, не устал... За порядком следить надо? Надо! А кто, кроме меня, о доме позаботится? Дворецкий – разгильдяй, всё шашни с прачкой крутит, повар – справный домовой, но по кухонным делам. Конюх – всё по лошади своей скучает, сидит и ноет целыми ночами, гостей только пугает. Один я работаю за всех, а ты про усталость. Конечно, устаю, а как же? Но ведь порядок–то надо поддерживать! Посмотри на современную прислугу! Стыд один, да и только. Я давеча горничную чуть до смерти не напугал, когда та за кошельком постояльца полезла было... Вадим её уволил потом... Глаз да глаз за ними нынче нужен!

Маша вздрогнула при упоминании о Вадиме. Это не ускользнуло от взгляда Василия, и тот стал её успокаивать:

– Не страдай, девонька, не красит тебя это. Ты молода, пригожа, найдёшь себе молодца. Поверь старику, всё перемелется, мукА будет! Как погуляла, кстати? Игнат тебя развлёк? Я ему велел глаз с тебя не спускать. Видано ли, одна в чужом городе?

– Развлёк, он хороший, – смахнула слезу Маша.

– Ой, вот только без сырости! Я жуть, как этого не люблю! Ревматизм и так кости ломит, а тут ты ещё мокроту разводишь! – недовольно проворчал старичок и полез в карман.

Из кармана Василий достал тот самый пожелтевший платочек с инициалами.

– На–ка, сморкнись!

Девушка высморкалась в душистый платочек, и глаза её повеселели.

– Что–то я проголодалась! – воскликнула она и начала уминать остатки продуктов, запивая ледяной водочкой.

– То–то же! – облегчённо вздохнул домовой. – А то будто делов у меня других нету, как влюблённым барышням сопли утирать.

Повеселевшая Маша поблагодарила Василия и протянула ему платочек обратно, но тот только руками замахал.

– Нет уж, бери его себе, тебе он нужнее! Вон, глаза вечно на мокром месте.

– А как же ты, Василий?!

Девушке совсем не хотелось расставаться с платочком после того, как она познала его волшебную силу.

– А нам, домовым, платочки ни к чему. У нас есть, чем заняться, а хандрить – это барское дело. Ты только без нужды его не используй, а то он свою волшебную силу потеряет. Если кто обидит или ещё что... платочек не тревожь. Он только от любовных мук помогает. Алевтинушка, царствие ей небесное, исключительно им и спасалась. А потом, когда в ссылку собиралась, стало быть, позабыла его... Если бы не позабыла, может, и прожила дольше, голубка ненаглядная!

– Ты так о ней говоришь, Василий... Не иначе как любил Алевтину. Признайся!

– Нам, домовым, любить вообще–то не положено. Но Алевтина?! Как её не любить было? Её все любили. Нежная была и красивая! Да и пела, как соловей!

Домовой вздохнул и выпил очередную стопку, не закусывая.

– Царский подарок ты мне сделал, Василий! – сказала Маша, пряча платок в сумочку.

– Приглянулась ты мне, а платочек этот специально создан, чтобы девичьи слезки утирать. Мне без тебя тоже грустно немного будет, – продолжал порозовевший от водочки домовой. – Здесь ведь как... Порой и поговорить не с кем. Из домовых только повар – приличный человек и выпить не дурак, но кухню боится оставлять... Вмиг всё растащут, народ нынче такой! А он – домовой ответственный, на нём ресторация и держится. Тёзка мой, тоже Василием кличут. Я не могу надолго отлучаться, за порядком слежу. Вот и получается, что так посидеть душевно, как мы с тобой сейчас, не всегда выходит. Эх, Машка, жизнь моя пропащая!

– Но почему же?! Как тебе помочь? – спросила обеспокоенная Маша, и, подумав, добавила: – Может, со мной в Питер махнем? У меня есть там друг – Данила Косматый. Он настоящий художник! Будешь жить в мастерской. Данила добрый и водочку любит. Знаешь, как у него пахнет в мастерской?! И картины разные по стенкам развешаны! Он твой портрет с натуры нарисует, он хорошо рисует, тебе понравится!

– Портрет?! – загорелся было Василий. – Я картинки люблю, а портреты особливо. Знаешь, какие раньше здесь портреты висели!? Всех членов семьи Белокрысовых и Алевтинушки-душечки. Всё разграбили, правда, потом. Ууу... ироды! На парадной лестнице, как входишь, сразу слева Алевтина висела, вся из себя в концертном чёрном платье с самоцветами в ушках. Какой был портрет!

– Данила тебя обязательно нарисует! Вот увидишь! – продолжала уговаривать Маша домового.

– Я, конечно, не барин, чтобы с меня портреты писали, но врать не буду, мечта такая имеется. Но, видно, не суждено ей сбыться, куда же я отсель денуся? Я ведь домовой этого дома. Здесь мой дом и есть. Это Игнату всё просто, тот может куда хочет гулять, а я не могу, у меня ответственность. Спасибо тебе, девонька, вижу, добрая душа у тебя, пожалела старика...

Тут разговор прервал телефонный звонок. Маша сняла трубку и услышала голос портье, который сообщил, что такси дожидается её внизу. Девушка слёзно попрощалась с Василием. Он поцеловал её по–русски три раза и залез под кровать, шмыгая носом.

До вокзала Маша доехала без происшествий. Шофёр был хмур и неприветлив и совсем не похож на Игната с собачьим взглядом. Маша попыталась вызвать его на разговор, но тот был явно не в настроении и всю дорогу молчал. Правда, когда девушка расплачивалась, растянул губы в вымученной улыбке и был таков. До поезда оставалось немного времени, и Маша пошла прогуляться по сувенирным лавкам. Они пестрели разноцветными матрёшками, яркими ситцевыми платками и янтарными бусами. На вокзале царила кутерьма, народ сновал туда-сюда. По улице бродили бездомные собаки со впалыми боками и свалявшейся шерстью. Девушка вглядывалась в собачьи морды в надежде ещё раз увидеть Вечного Пса Игната. Собаки смотрели на неё вопросительно-жалобно, но Игната среди них не было видно. Маша купила пирожков с мясом и бросила их паре особенно худых дворняжек, как вдруг услышала крик за спиной:

– Зачем собак моими пирожками кормишь?! Они здесь только заразу разносят! А ну-ка кыш, кыш, грязные шакалы! — заголосила злющая дебелая тетка, у которой девушка только что купила пирожки.

– Но ведь они голодные! Что они вам сделали?! – попробовала было возмутиться Маша.

– Пошла отсюда, дура малахольная! Понаехали! – закричала тетка и направилась в машину сторону, размахивая большими руками, похожими на пухлые белые булки.

Мария схватила сумку под мышку и побежала, не оглядываясь. От хорошего настроения не осталось и следа, на глаза навернулись слёзы обиды. Подходя к поезду, она полезла было за волшебным платочком, но, вспомнив наставления домового, передумала. Вместо этого купила минеральной воды в киоске и направилась разыскивать свой вагон. Идя вдоль длинного состава, девушка увидела, наконец, номер, обозначенный на билете и вошла в вагон, где её ожидал ещё один сюрприз.

2.7 Возвращение в Петербург

Открыв дверь своего купе в СВ, Маша увидела там мужчину в светлой рубашке, сидящего к ней спиной. На мгновение ей показалось, что это Вадим. Часто забилось сердце. Мужчина обернулся на шум открывающейся двери и посмотрел на неё добрыми собачьими глазами. В купе пахло псиной.

– Игнат! – воскликнула Маша удивленно. – Что ты тут делаешь?

-– А мы разве перешли на «ты»? – спросил Игнат, хитро прищурив глаза. – Или вы с собаками не на «вы»? Потому что мы не люди? Да?

– Да что вы? Я... я просто растерялась, простите меня.

– Да ладно вам, пошутил я. Можно и на «ты». Я же собака и твой друг, а друзьям положено на «ты». Только я тебя тоже на «ты» буду называть. Не возражаешь?

-– Конечно нет, так проще, по–моему. У нас в Америке вообще все одинаково к друг другу обращаются.

– Ко всем?! И к пожилым?

-– И к пожилым.

– И к президенту?

– И к президенту.

-– Хм... Странные у вас там люди живут. Неуважительные какие–то.

-– Почему же неуважительные? Разве уважение друг к другу только в этих формальностях проявляется? Здесь я с тобой, Игнат, не согласна.

– Согласна, не согласна... Не спорь, я постарше тебя буду, хоть и Пёс. Видел я американцев, они по самой Красной площади в коротких штанах гуляют! Понятий никаких! Куда милиция только смотрит! Даже я, хоть и Пёс, такого себе не позволяю!

Маша поняла, что спорить с Игнатом бессмысленно, и что дело тут в разнице культур, но всё же не смогла удержаться от ехидного замечания:

– Когда я тебя в первый раз встретила, ты, между прочим, на Красную площадь вообще без штанов вышел!

– Так я же в собачьем обличье был! Нам, собакам, штаны не положены! Где ты собаку в штанах видела? В цирке, разве что...

-– Ладно, Игнат, оставим этот спор. Так что ты здесь делаешь, позволь мне спросить? В Петербург собрался ?

– А что, нам, собакам, нельзя? – огрызнулся Пёс.– Значит, людям всё можно, а нам, друзьям человека, не положено, стало быть? А я, может, в Питере никогда не был и всегда, можно сказать, об этом мечтал... В Неве хочу покупаться, Сытный рынок посетить. К тому же, одна знакомая немецкая овчарка давно меня в гости зовёт, в Купчино проживает. Слыхала про такое место? Красивое название, купеческое.

-– Слышала, но бывать не приходилось. – не очень уверенно ответила Маша. – Ты пойми, я вовсе не против, наоборот, даже рада, что ты мне компанию составишь.

– Ну вот, то–то же! А то чересчур много вопросов задаешь, а я, может, проголодался, – сказал Пёс, распаковывая пакетик с говяжьими костями. – Косточку не желаешь?

Маша тем временем бросила сумку на полку, уселась поудобнее у окна напротив Игната и задумалась. Поезд отошёл от платформы и под стук колес начал двигаться вперёд, набирая скорость.

-– Так как насчет косточки? Свежие! Болонка Лиза для меня специально собирала, с риском для жизни, надо заметить.

– Почему же с риском для жизни?

– Эх, мадам, ты что – не видишь? Косточки–то суповые отборные, у хозяйки со стола стыренные.

– Стыренные? Это как?

– Это слово такое русское. Гусар Николай так при дамах никогда бы не выразился. Виноват, жизнь собачья, знаешь ли... Понахватался всякого на улице, ну, и в такси. Ты же знаешь, я таксистом подрабатываю.

– Мне кажется, ты был вежливее в собачьем обличье, – заметила Маша.

– В собачьем натурально вежливее! Мы, собаки, вообще народ деликатный! Виноват, прошу пардону! Позвольте к ручке припасть!

И Игнат начал остервенело лизать машину ладонь.

В этот момент в купе зашёл проводник в красивой синей форме. Увидев эту сцену, он застыл на месте в замешательстве.

– Что уставился? – оторвался Игнат от машиной ладони. – Хам! Чаю неси и водки!

Маша стала было извиняться за Игната, но проводник попятился и, вежливо поклонившись, вышел вон, сказав, что заказ принят, и всё будет сделано в наилучшем виде.

– Всё-таки, собакой, Игнат, ты мне нравился больше! – не удержалась Маша, незаметно вытирая облизанную ладонь о полотенце, лежащее на сиденье.

– Я и сам себе собакой больше нравлюсь! – воскликнул Игнат и превратился в собаку. Маша не успела опомниться, как он уже лежал, вытянувшись на полу, и, громко чавкая, грыз хрящевую кость.

Девушка молча отвернулась к окну и подумала, что с Вечным Псом чувствует себя гораздо уютнее, нежели с шофёром Игнатом. В дверь, постучав, вошёл проводник с подносом в руках. Увидев большого пса, лежащего на полу, он очумело выпучил глаза и, посмотрев на Машу, пробормотал:

– Вообще–то, у нас с собаками не положено...

Маша не успела открыть рот, как из-под стола вылез шофёр Игнат и сказал:

– Я запонку обронил, по полу ползал, насилу нашёл, прости, дорогая!

Потом набросился на проводника:

– С какими такими собаками!? Где ты собаку увидел? Или ты меня с собакой перепутал?! Платишь за СВ сумасшедшие деньги, а тебе хамят! Безобразие!

Бедный малый стоял как вкопанный, не понимая, что происходит, и не мог вымолвить ни слова.

– Что стоишь, рот раззявив! Поднос на стол поставь, и чтобы духу твоего не было до утра! – продолжал наступать Игнатий, порыкивая.

Испуганный проводник сделал, как было приказано, и испарился, заикаясь и шепча:

– Простите, простите...

Игнат вышел с ним в тамбур и вернулся через некоторое время с пустой алюминиевой миской и бутылкой шампанского.

– Вот, в вагон-ресторан за миской сходил, не хотел этого идиота просить. Водку-то лакать из миски удобнее. И бутылочку шампанского для вас, дитя моё.

– Какое я тебе дитя, Игнат? И не хочу я шампанского, нечего мне праздновать! – сказала Маша, которую игнатовы фокусы начали уже раздражать.

– Не перечь старшим! Я знаю, о чём говорю, у меня письмецо для тебя имеется, – сказал шофёр и полез за лацкан пиджака.

– Так что же ты до сих пор молчал?! – воскликнула девушка, разрывая конверт.

– Момент выбирал подходящий, – ответил Игнат, открыл шампанское и подал Маше налитый до краёв бокал. Та только отмахнулась, углубившись в письмо.

– Как желаете, подумаешь... – обиделся шофёр, и... превратился опять в собаку, предварительно выплеснув водку из графина в миску. Затем продолжил мусолить кость, периодически отвлекаясь на то, чтобы лакнуть из алюминиевой миски.

«Странная, всё-таки, страна, даже собаки пьющие», – подумала Маша и начала читать письмо от Вадима.

Начиналось оно с извинений:

«Дорогая Маша! Ты теперь всё знаешь, и, надеюсь, найдёшь в своём добром сердце возможность меня простить. Ты для меня дорогой человек и последнее, чего бы я хотел – сделать тебе больно. Но, видимо, это было неизбежно...» Далее шли долгие рассуждения о несовершенстве земной жизни и прочая философия. «Я по сущности своей человек одинокий, и одиночество стало моей второй натурой. Встретив тебя, я забыл обо всём на свете! На миг показалось, что можно обмануть судьбу, и впереди только светлая дорога, и на ней двое: ты и я... Но когда мы оказались в церкви, и ты сказала про венчание, чёрная тень висящего надо мной проклятия отрезвила мою дурную голову. Как я мог подвергать тебя такому риску! Ведь ты – молодая прекрасная девушка, можешь создать полноценную семью, родить детей и быть счастливой. Я тебе это счастье дать не могу. Прости меня. И тут дело не только в проклятии. За долгие годы одиночества и путешествий по разным странам я привык подвергать себя опасностям и ни за кого не нести ответственности. Ответственность – это бремя. Вот почему я занимаюсь разными делами. И как только в бизнесе что–то начинает получаться, продаю его и берусь за другой. Я игрок, и моя жизнь – это постоянная гонка с препятствиями. Другим я уже не буду, да и не желаю, если честно. Хотя, что греха таить, хочется иногда прийти в свой уютный дом и поцеловать любимую в губы. И чтобы пахло вкусной едой, и раздавались весёлые детские крики. Эх... мечты, мечты! В общем, всё это не для меня...»

Маша читала эти строки, глотая слёзы. И, чтобы не разреветься окончательно, вытащила заветный платочек и приложила к заплаканным глазам. Слёзы сразу утихли, и девушка подумала: «Прямо Евгений Онегин какой–то!»

Она залпом выпила шампанское и налила себе ещё один бокал. Задремавший было Пёс только повел правым глазом и облегчённо вздохнул. В конце Вадим сообщал, что послал Игната сопровождать её до Питера, и что непременно свяжется с ней до отъезда. Ещё писал что–то про её подопечных лабораторных крыс, но Маша до конца дочитывать не стала. Порвав письмо, она открыла окно и выбросила обрывки в летящую мимо прохладную августовскую ночь. Свежий пьянящий воздух ворвался в купе, пропахшее псиной, и закружил голову.

Но я не создан для блаженства,
Ему чужда душа моя.
Напрасны ваши совершенства,
Их вовсе недостоин я...

– продекламировала Маша перед тем, как провалиться в глубокий сон.

Петербург встретил девушку туманом и неприветливым моросящим дождем. Игнат посадил её в такси и сказал, что навестит позже, а сейчас у него свои собачьи дела.

– Надо осмотреться, с местными псами познакомиться, да и овчарка из Купчино совсем заждалась! – гавкнул он, и, закрыв дверцу такси, растворился в тумане, превратившись в собаку.

Маша находилась в каком–то забытье. Выйдя из такси, она машинально поднялась на пятый этаж, открыла дверь и вошла внутрь квартиры. Дядюшка уже ушёл читать лекции в институт, и в доме никого не было. «Вот и хорошо. . . » – подумала Маша, которой хотелось побыть одной. Девушка сварила себе ароматный кофе, уселась в кресло и углубилась в свои мысли. Поездка в Москву окончательно выбила её из колеи. Вадим, домовые, говорящие собаки. И эмоции, эмоции, эмоции! Хотелось плакать и не верилось, что далеко за океаном существует её дом, и что скоро она там окажется. Через неделю надо было возвращаться в Америку, в сентябре начиналась учёба в институте, да и отпуск заканчивался. Маша подошла к письменному столу, включила компьютер и стала читать почту. Новости из лаборатории были неутешительны. Проект с крысами–алкоголиками закрывался, и бедные животные подлежали уничтожению. Надо было срочно ехать и спасать Генриха от неминуемой гибели. Маша решила, что выкрадет его из лаборатории на свой страх и риск. «Только бы он продержался до моего приезда»– думала не на шутку взволнованная девушка. И даже мысли о Вадиме показались ей не такими значительными по сравнению с опасностью, угрожавшей её любимцу.

Оставшуюся неделю до отъезда Маша посвятила покупке подарков для своих американских друзей и книг для отца. Часто начинала грызть тоска по Вадиму, но спасал волшебный платочек, подаренный домовым. Вечера она старалась проводить с дядюшкой, который вспомнил о племяннице, когда до отъезда оставалось несколько дней Девушка рассказывала дяде о домовых и говорящих животных, тот только диву давался, утверждая, что это противоречит всем научным теориям и что, скорее всего, девушке всё это просто почудилось.

В один из дождливых вечеров они сидели за вечерним чаем.

– Грустно мне без тебя будет, Машенька! – вдруг сказал сдержанный на слова и эмоции дядюшка.

– Так приехали бы к нам?!

– Не могу я бросить свою науку и уехать на другой конец земли! Да и здоровье уже не то, перелёт–то дальний!

– Папа был бы очень рад, может, в отпуск хотя бы приедете?

В этот момент раздался звонок в дверь. Маша пошла открывать. Посмотрев в глазок, она никого не увидела, и, пожав плечами, хотела было вернуться в комнату, как за дверью послышались шаркающие звуки и собачий лай. Девушка улыбнулась и поспешила открыть. На пороге стоял Вечный Пёс и нетерпеливо махал хвостом.

– Там погода такая, что хороший хозяин собаку на улицу не выпустит, я вымок весь! А ты всё не открываешь и не открываешь, я уж подумал, что дома никого нет, – ворчал Пёс, отряхиваясь в прихожей.

– Проходи, проходи, Игнат!

– С кем это ты там беседуешь? – прокричал дядя из комнаты.

– Да это я так, – ответила Маша, думая, как лучше представить дядюшке пса.

– Ты не одна? – шёпотом спросил оробевший Игнат. – Может, я лучше того, пойду...

– Я с дядей, ты его не бойся, он добрый. Пойдём, я тебя представлю.

– Может, в другой раз лучше... – застеснялся Игнат.

– Да с кем ты там говоришь? – раздался снова голос из комнаты.

– Пошли, поздно конспирироваться! – отрезала Маша и направилась внутрь квартиры. Игнат молча последовал за ней.

– Познакомьтесь, дядюшка, это Игнат, – произнесла девушка, кивнув в сторону пса. – А это мой дядя – Иван Петрович.

– Я кроме мокрой собаки здесь никого не вижу, – удивлённо сказал дядя. – Где же Игнат?

– Я и есть Игнат, – смущенно вякнул Пёс, – а что мокрый, прошу пардону, на улице дождище льёт, а я без плаща.

Потом он приблизился и подал лапу.

Иван Петрович пожал её с опаской и удивленно спросил:

– Так вы и есть тот самый Игнат, который французов в 1812 году бил?

– Тот самый я и есть, не сумлевайтеся! – сказал Пёс и горделиво поднял голову вверх.

– Очень приятно тогда! Я, признаться, машиным историям про говорящих собак не верил, а теперь вижу, что зря, – тараторил возбуждённый Иван Петрович. – Может, вы поесть что–то хотите?

– Не откажусь, – ответил Игнат и вильнул хвостом.

– Машенька, принеси гостю миску со щами! Надеюсь, от домашних щей не откажетесь? Племянница сварила, вкусные, за уши не оттащишь!

– Меня за уши не надо, – улыбнулся Пёс, – а щи люблю, благодарствую.

Пока Маша разогревала щи, между Псом и Иваном Петровичем разгорелись политические дебаты о месте России на мировой арене.

– Россия больше не является влиятельной державой. Былой России нет, а то, что из неё сделали коммунисты за 70 лет, – очень грустно. Что происходит сейчас – это вообще абсурд! – рассуждал Иван Петрович. – Кстати, вам, Игнат повезло, вы видели настоящую посконную Русь! Коньячку не желаете армянского?

– Отчего же, желаю, конечно, только в миску налейте, чтобы лакать удобнее было, – ответил Игнат, оторвавшись от ароматных щей. С морды его свисал капустный лист. Пёс облизнулся, лакнул коньяку из миски и продолжил.

– А про Русь вы зря так, Иван Петрович. Восстанет ещё из пепла Россия–матушка!

– Но как, Игнат? Ведь у власти все те же люди! Посмотрите, что происходит! Воруют ведь, на народ им наплевать.

– А на Руси всегда воровали, – ответил Игнат философски и запрыгнул в машино кресло, пока девушка мыла посуду.

– Воровство воровству рознь! – не унимался дядюшка. – Вы только на депутатов посмотрите! Нет, Игнат, ничего хорошего на Руси не будет в ближайшее время! Наш народ ленив и любит разводить дебаты, а трудиться не любит, тут уж ничего не попишешь. Вон, хоть на китайцев посмотрите! Они ещё всему миру покажут! А всё почему? Трудолюбивый народ и много их! А наши – неее...

– Это потому что – люди! А если бы собаки страной руководили, всё по-другому было. Нам, собакам, много не надо, мы преданны и патриотичны! Эх, за что мы с Николаем в 12–ом году кровушку проливали! Николай гусаром был, мой хозяин бывший, – объяснил Игнат, – вот если бы таких, как он, побольше было на Руси, и жизнь бы другая была! Коньячку ещё плесните, а то расстроился я, воспоминания накатили.

Маша тем временем оставила дядю с псом рассуждать о судьбах России, а сама проскользнула во входную дверь и поспешила вверх по лестнице. Собеседники, поглощённые разговором, её отсутствия даже не заметили. И вот девушка оказалась перед дверью в мастерскую Данилы, которого не видела со дня приезда. Когда она нажала кнопку звонка, раздался зычный голос художника:

– Входите, открыто!

Зайдя в мастерскую, Маша увидела, что тот стоит перед мольбертом серьёзный и сосредоточенный, с перепачканными краской руками. Маша робко остановилась на пороге.

– Ну что, входи, раз пришла, американочка, – сказал Данила, отрываясь от живописного холста и вытирая руки о фартук.

– Может, я тебе помешала? Так могу в следующий раз как–нибудь зайти.

– Проходи, проходи, я как раз перерыв хотел сделать, да и свет уже не тот. Чайку со мной выпьешь? – спросил художник, ставя чайник на электрическую плитку.

– Да, конечно, спасибо! Я тут варенья твоего любимого клубничного принесла.

– Варенье – это хорошо! А сама где пропадала? Так долго тебя не было, я уж думал не случилось ли что, хотел к дяде твоему идти спрашивать, да неудобно было, – сказал Данила, смотря Маше в глаза своим пытливым взглядом художника. Девушка отвела глаза и покраснела.

– В Москву ездила, – коротко ответила она.

– Как там столица? Стоит? Кремлевская стена на месте? Могла бы и предупредить, вообще–то, волновался я, – укоризненно заметил Данила, снимая вскипевший чайник с конфорки.

– Прости, я внезапно собралась, Илона с Вячеславом пригласили.

– Аааа... куркули–то эти! Я Илону видел несколько

дней назад, она вроде давно приехала.

– Да я задержалась ещё на несколько дней.

– Одна?

– Что ты меня допрашиваешь, Данила! Ты, что, мне не рад совсем? Давай лучше чай пить!

– И то правда, давай пить чай. Да рад, рад, конечно, рад! Просто ревную немного.

Маша улыбнулась и хлебнула из чашки знаменитый данилин чай.

– Ах, как вкусно! Соскучилась я по твоему чаю!

– А что, в столице тебя чаем не поили? – продолжал наступать художник.

– Поили, но не таким, и хватит об этом. Уезжаю я скоро, попрощаться пришла.

– Куда на этот раз? – спросил Данила неестественно бодрым голосом.

– На этот раз домой, – ответила Маша, – хватит, загостилась я здесь. Учёба скоро начинается, да и в лаборатории с крысами проблемы... Похоже, надо спасать Генриха, а то изведут его лаборанты.

– Только Генриха? А как же все остальные? Лёня, Вова, Марго?

– Да, там их много, больше сотни, всех спасти всё равно не удастся! Я и с Генрихом–то не знаю, что делать. У меня в квартире животных нельзя заводить.

– Ты говорила. Неправильные законы в этой вашей Америке!

– Можно подумать, в России все законы правильные, – огрызнулась Маша.

– А у нас вообще беззаконие и анархия – мать порядка! – грустно пошутил художник и деловито продолжил. – Надо бы выпить за отъезд, а у меня одна водка. Может, я за твоим любимым красным вином сгоняю? Я мигом!

– Не надо, Данила, водка тоже хорошо. Давай выпьем! А закуска есть?

– Колбаска в холодильнике, сыр и огурчики малосольные.

– Огурчики – это здорово! – ответила Маша, открывая дверцу холодильника. – Я тебе помогу на стол собрать. А ты пока рюмки доставай.

– Гляжу я, приучили тебя в Москве к хорошим манерам, – пошутил художник, – раньше ведь водку не пила!

– Раньше не пила, а теперь пью. Я много чего раньше не делала. Например никогда не общалась с домовыми, – улыбнулась девушка, накрывая на стол.

– А что, и впрямь домового встретила? В Москве много всякой нечисти живет, она подревнее Питера будет. Ну–ка, рассказывай! – залюбопытствовал Данила, разливая водку по стопкам.

Они просидели до поздней ночи, как в старые добрые времена. Маша рассказывала про домового Василия и про то, как тот любит портреты и водку. Данила спросил, не сделала ли Маша фотографию Василия, для портрета.

– Нет, фотографии у меня нет, но ты можешь к нему поехать. Думаю, что Василий с удовольствием тебе попозирует.

– Правда можно?! – вдохновился было Данила, а потом призадумался. – Вот только боюсь, мне денег на этот отель не хватит, дорогой, небось?

– Недешёвый, да... – ответила Маша, задумавшись. – Надо придумать, как это устроить, есть у меня кое-какие мысли.

И рассказала Даниле про московского гостя Вечного Пса, который в это время попивал коньяк с дядюшкой. Данила увлечённо слушал – в домовых он верил, да и в говорящих собак тоже. Ведь он был художник, а художники – люди особенные! Часы пробили за полночь, и Маша начала прощаться с хозяином. Тот вызвался отвезти её назавтра в аэропорт, на том и порешили. Данила проводил девушку до дверей и чмокнул на прощание в щёчку.

«До чего же мне с ним хорошо...» – подумала Маша, но прогнала эти мысли прочь и вошла в квартиру, где ей предстояло увидеть умильную сцену: Иван Петрович спал на своём диване, а Вечный Пёс сопел, свернувшись клубком у его ног.

Следующий день был воскресный, и дядюшка отправились с Игнатом гулять в парк и беседовать. Мария их напутствовала:

– Вы громко не разговаривайте, а то людей распугаете. Не все же знают, что собаки умеют говорить!

– Не переживай! У нас есть план. Игнат в человека превратится, так мы с ним до парка дойдём. А потом заберёмся в самые безлюдные аллеи, где он снова станет псом. Побегает там, заодно и пообщаемся.

– А почему бы ему человеком не погулять? Зачем эти бесконечные превращения?

Игнат смущенно ответил:

– Не я могу так, мне по нужде надо. К человеческим туалетам не приучен, мне свобода требуется. Вот и в поезде намучился, там и ногу негде задрать, теснота!

– Ах, вот почему ты сразу собакой стал, когда мы на вокзал прибыли! – рассмеялась Маша.

Пёс, переминаясь с ноги на ногу, ответил:

– Да, поэтому, но не только. Я человечьи одежды носить не очень–то люблю, жмут они везде, свободу стесняют. А голым ходить неприлично, да и холодно. Много у вас проблем, у людей, а всё потому, что шерстью не покрыты, сочувствую я вам. Мне по службе в вашей шкуре часто бывать приходится, так что знаю, каково оно! Вот и сейчас. . . – закончил свой монолог Пёс, вздохнул и превратился в шофёра Игната.

– Как это ловко у тебя получается! – воскликнул дядюшка, подпрыгнув от изумления.

– Привычка! Поживите с моё, ещё и не тому научитесь! – ответил Игнат, по собачьи встряхнулся и попросил щётку для туфель.

– Туфля блестеть должна! – приговаривал Пёс, натирая башмаки.

Когда они, наконец, ушли, и Маша хотела заняться своими делами, раздался звонок в дверь. Это была Илона Хвостова, которую девушка избегала со дня приезда из Москвы. Не хотелось говорить о Вадиме. Она, тяжело вздохнув, открыла дверь, и Илона ворвалась в квартиру стремительным вихрем.

– Ну, ты даёшь, подруга! Приехала и носу не кажешь! Это как понимать?

– Да я хотела зайти, просто перед отъездом столько

дел...

– Перед каким отъездом? Опять в Москву к Вадиму намылилась? Ну, как у вас? Всё путём?

– Каким путём? – не поняла Маша.

– Во блин, всё время забываю, что ты иностранка! Хорошо всё? – тараторила Илона, проходя на кухню и наливая себе чаю. – Чай будешь? Давай посидим, покалякаем по-женски. Я видела, как твой дядя на прогулку пошёл с симпатичным таким мужчиной. Кто это? Мне кажется, я его уже видела, а где – не припомню.

– Дааа... это дядюшкин сослуживец, учёный тоже, – помедлив, солгала Маша и отхлебнула горячий чай из фарфоровой чашки.

– Симпатичный такой. Ладно, рассказывай, что там с Вадимом у вас.

Маша постаралась как можно более коротко и без подробностей рассказать о поездке по Золотому Кольцу, делая акценты на достопримечательностях.

– Да что ты всё про крепости и церкви, ты мне зубы не заговаривай! С Вадимом что?

– Расстались мы с ним! – выпалила Маша, и глаза её наполнились слезами.

– Как расстались?! Не реви, а рассказывай лучше! Может, всё ещё можно вернуть? Ты вот неопытная совсем, а к нашему русскому мужику подход нужен. Да, да... Его голыми руками не возьмёшь. Это как на войне. Стратегия и тактика!

Маша сидела и молча глотала слёзы. Ей совсем не хотелось рассказывать дотошной Илоне о своих московских приключениях, да и говорить было трудно, в горле стоял ком. Тут она вспомнила о платочке, достала его из сумочки, смахнула слезу и сказала твердым голосом:

– Знаешь, Илона, не буду я тебе ничего рассказывать, – и добавила уже мягче: – Ну не обижайся. Не сложилось у нас в Вадимом, и всё.

– Ах так! А ещё подружка, называется! А впрочем, не хочешь, не рассказывай! Ну их, мужиков этих, давай чай пить. Или лучше пошли к нам! Я одна, мой по бизнесу уехал на пару дней. Надоел до смерти! Пойдём, мы с тобой такой пир закатим. У меня вино итальянское есть, твоё любимое!

Маша немного поколебалась и согласилась, подружки побежали вниз по лестнице, стуча каблучками. После бокала вина Илона сказала:

– Ну и дурак Вадим твой! Такое сокровище не оценил! Поди найди такую, как ты, в Москве! Ты же бессребреница, вымирающий экземпляр, таких больше не делают. Знаешь, какие девицы в Москве?! Акулы, любого проглотят. А за Вадимом целая стая носится. Да и в Питере не лучше стало, все о деньгах только и думают. А ты... в джинсах своих потрёпанных носишься, и всё тебе нипочём, вот и учишься... Хотя с твоей внешностью в модельное агентство могла пойти работать и деньги бы лопатой гребла.

– Это ты явно преувеличиваешь, подружка, – порозовела от смущения Маша.

– Не спорь, дурак Вадим, – повторила Илона, опустошая второй бокал.

– Да и пусть будет дурак. Давай сменим тему!

Когда Маша вернулась от Хвостовой, с которой они просидели до вечера, болтая о всякой ерунде, дядюшка и Игнат смотрели программу «Время». При этом Пёс сидел рядом на диване, положив свою большую морду на колени новому другу.

Настал день отъезда. Было раннее утро, чемоданы стояли в прихожей и ждали своего часа. Маша с грустью смотрела на опустевшие полки стенного шкафа. Сердце щемило в предчувствии скорой разлуки.

«Как грустно уезжать», – думала она, перебирая книги. – «Вадим так и не объявился. А ведь что–то писал об этом в письме, жалко, что я его выбросила. И про крыс что–то писал, вот только не помню, что...».

Девушка тяжело вздохнула и вышла в прихожую, где её ждали дядя с Игнатом. Они присели по русскому обычаю, потом спустились вниз по лестнице к маленькой зелёной машине, в которой за рулём сидел Данила Косматый. Затем загрузили чемоданы в багажник и, усевшись сами, двинулись в путь. По дороге Иван Петрович сообщил Маше, что Игнат поживёт пока у него.

– Как хорошо! – воскликнула девушка, а потом обратилась к псу: – я так рада, что вы с дядюшкой нашли общий язык. Тебе у него хорошо будет! А как же Москва? Не будешь скучать?

– С Иваном Петровичем мне интересно, он почти как Николай, не гусар только. Поживу пока, да и возраст уже не тот, чтобы по помойкам бегать, пропитание добывать. Болонке Лизе телеграмму отправлю, может, в гости соберется. Мы с твоим дядюшкой уже обо всём договорились, – сказал Вечный Пёс. – А по Москве скучать? Буду, конечно, но мне и Петербург понравился. Овчарка из Купчино сукой оказалась, натурально! Я к ней с лаской, а она за лапу тяпнула. Но я её понимаю, она бродягой стала. Её хозяйка на улицу выгнала, видите ли – аллергия у нового мужа от овчаркиной шерсти. Вот Овчарка и озлобилась от бездомной жизни. Нельзя приличной даме бродяжничать! Не дамское это дело!

– Надо же, а ты мне ничего про это не рассказывал,– воскликнул Иван Петрович. – Может, её тоже с собой жить возьмем?

– Не знаю, захочет ли. Она гордая. Но я сбегаю в Купчино на днях и справлюсь.

Тут подал голос Данила, который вёл машину:

– Если пожелает, ко мне может переехать, я с неё портрет напишу. Вы бы друг к другу в гости ходили.

– Я скажу ей, благодарствуйте. А наш с Иваном Петровичем портрет вам можно заказать? Так сказать, семейный.

– Конечно, я с удовольствием вас нарисую, – ответил Данила – В какой технике предпочитаете?

Маша слушала весёлый разговор её друзей и уже начинала скучать по России. Закрыв глаза, она попыталась представить себе Новый Орлеан и заботливого отца, который ждал дочку домой. Сработало. Захотелось обратно в Америку, к тому же надо было выручать несчастного Генриха. И вот они приехали в аэропорт. Мария уже сдала багаж и прощалась с провожающими. Дядюшка нежно потрепал племянницу по щеке и пожелал счастливого пути, Данила поцеловал Машу в губы и обещал писать. Игнат же, превратившись в человека (с собаками в аэропорт не пускали), лизнул её по–собачьи. Вдруг он повел носом, чувствуя знакомый запах, и, радостно залаяв, бросился навстречу приближавшемуся к ним высокому мужчине, лица которого было не видно за огромным букетом красных роз.

Люди с удивлением оглядывались, видя бежавшего вприпрыжку солидного гражданина, который лаял по–собачьи. Добежав до мужчины с букетом, Пёс начал радостно скакать вокруг, норовя лизнуть того.

– Житья не стало от этих голубых! И не стесняются же, паразиты, цветы друг другу дарят, прямо как в Америке! – гудела толпа зевак.

– Угомонись, Игнат! – сказал Вадим, погладив Вечного Пса по спине. – Вижу, что ты мне рад, только народ не пугай.

Белокрысов подошёл к обескураженной Маше и вручил ей букет. Толпа начала расходиться, разочарованно бормоча. Маша постояла, задумавшись, а потом протянула цветы обратно и сказала срывающимся голосом:

– Меня с ними в самолёт не пустят.

Вадим, вздохнув, отдал букет Игнату, который, понюхав розы, громко фыркнул и отошёл к остальной компании, оставив влюблённых наедине.

– Это кто? – ревниво спросил пса Данила.

– Вадим Белокрысов, достойнейший человек, собаки не обидит. Я у него служу иногда как вольнонаемный.

– Не нравится мне он. – продолжал Данила изучать Вадима недобрым взглядом. – Впрочем, кто я такой... ей решать.

Пока компания обсуждала Белокрысова, Маша стояла, как вкопанная, и не могла вымолвить ни слова. Она было полезла в сумочку за волшебным платочком, но Белокрысов привлёк девушку в себе и приник к её губам долгим поцелуем. Потом он стал что–то долго говорить, отведя Машу в сторону, но об этом читатель узнает в следующей главе.

Глава 3

Снова Америка

Маша сидела в самолёте американской авиакомпании Дельта и думала о Вадиме, поцелуи которого всё ещё ощущала на своих губах. В ушах звучали его слова: «Маша, милая моя девочка! Я исчез, потому что не хочу портить тебе жизнь своими проблемами. Впрочем, я об этом писал в письме и не стоит повторяться. Ты только не забывай меня! Или забудь, если можешь! Что я такое несу?! Прости, волнуюсь очень. . . »

Он долго говорил что–то сбивчиво про любовь, целуя её заплаканные глаза. Маша молчала.

– Я думал о том, как помочь твоему Генриху, да и не только Генриху, а вообще всем опальным лабораторным крысам, – сменил он тему разговора. – И, кажется, придумал неплохой план. Послушай!

Вадим начал что–то объяснять про бизнес, связанный с крысами, но девушка не слушала. Она только смотрела в его лучистые глаза и ощущала свою руку в его ладони.

«Вот бы всегда так сидеть и никуда не ехать, – думалось ей, – как было бы здорово, если бы весь мир раскололся на тысячу маленьких частей, и мы остались совсем одни. . . Всё равно, где, лишь бы вдвоём».

– Твоя задача сейчас остановить процесс ликвидации

крыс. А я приеду через месяц, и мы всё организуем, – продолжал Вадим деловым голосом. – Да ты меня совсем не слушаешь!'

– Слушаю, слушаю, – слабо отвечала девушка, – приедешь? Ой, ты правда приедешь?!

– Приеду, приеду. Здесь список документов с петициями от «зелёных» и других организаций, которые защищают права животных. Это должно помочь нам в решении вопроса, – сказал Белокрысов по–деловому, подавая ей глянцевую зелёную папку.

– Я буду ждать, – промолвила девушка.

Потом они долго стояли, обнявшись, и молчали.

– Желаете что–нибудь выпить? – услышала Маша голос стюардессы, которая говорила с ней по–английски.

– Да, водки... Ой, нет, лучше бокал красного вина, – сказала девушка, возвращаясь в свой англоязычный мир и превращаясь в Мэри.

Она пролистала список бумаг из зелёной папки и улыбнулась. План Вадима по спасению крыс представлялся вполне реальным.

3.1 Лаборатория

Но пора вернуться к нашим лабораторным питомцам. Они со страхом ожидали своей участи, пока Мария путешествовала по России. В лабораторию, где они находились, принесли ещё несколько клеток с крысами–алкоголиками, на которых прекратили ставить опыты и не знали, что с ними делать дальше. Напоминаем читателю, что Институт Трезвости превратился в Институт по борьбе с Наркоманией, и в крысах–алкоголиках нужда отпала. Что делать дальше с бедными животными – было непонятно, и начальство ждало указаний сверху.

– Эх, пустят нас на мыло, как пить дать пустят! – рассуждал водочный крыс Лёня.

– Как пить дать пустят! – вторил ему верный друг Вова.

– Не падайте духом, друзья мои! Безвыходных положений не бывает, и мы обязательно спасёмся, – успокаивал их Генрих, который начал потихоньку прогрызать днище клетки. Оно было пластмассовым и поддавалось с трудом.

– Слушайте Генриха и не вешайте нос, – подала голос Марго из угла, где чистила свою блестящую шёрстку. Она верила в способности гурмана выходить из самых сложных ситуаций. К тому же была в него влюблена, а любовь даёт веру.

– Вот дурища, всё Генрих, да Генрих... – ворчали две феминистки – лесбиянки Тонкая и Толстенькая. – Как можно доверять самцам! Никакого самолюбия, только и делает, что прихорашивается, смотреть противно.

Марго делала вид, что не слышит комментариев из соседней клетки, но когда ей особенно надоедали строгие крыски–феминистки, она вступала с ними в споры о месте женщины в истории крысовечества, а Генрих только головой мотал:

– И чего ты добиваешься? Их всё равно не переубедить. И вообще не надо никого переубеждать, у всех свои взгляды на жизнь.

– Ах, милый Генрих, до чего ты либерален! – пищала Марго и лизала любимого в ухо, к негодованию феминисток.

– Для того, чтобы добиться свободы, нам надо действовать тесно сплочённым коллективом, а не крыситься друг на друга, – говорил наш герой наставительно.

– Может, скажешь ещё – и со зверем этим подружиться? – возмущался Лёня, кивая в сторону дремавшего кота. – Он, когда меня тащил, клок шерсти выдрал и оскорблял нас с Вовой. Пахнем мы, видите–ли, не так... Водкой пахнем. А что плохого в водке? Вот скажи, что плохого?

– С котом дружить я не агитирую, он не из наших, хотя тоже подневольный. А вот нам, крысам пора вспомнить, что мы стадные животные, и всем вместе подняться на борьбу за освобождение.

– Ты, Генрих, прямо как Троцкий! Восхищаюсь тобой! – воскликнул крыс Хосе из дальней клетки.

Хосе был любимцем доброго мексиканского полотёра Мигеля, и тот ему много рассказывал про историю Мексики и проповедовал революционные идеи. В капиталистической

Америке Мигелю было неуютно, но приходилось кормить большую мексиканскую семью, поэтому он там жил и работал, постоянно скучая по любимой Мексике. Про Троцкого Генрих слышал от Мэри, и сравнение ему льстило.

Тем временем кот слушал крысиные речи и удивлялся смышлёности этих маленьких зверьков, которых раньше считал едой. «Век живи, век учись, а дураком помрёшь», – опять вспомнилась ему поговорка бывшего хозяина, – «вот уж никогда бы не подумал, что у этих тварей мозги имеются. Интересно, кто такой Троцкий?! Наверное, тоже из длиннохвостых.»

Крыс он зауважал, но признаться в этом не мог, кошачья гордость не позволяла. Те же его побаивались и в контакт вступать не торопились. Судьба кота была тоже неопределённа. Лаборант Гаврила про него забыл, увлекшись новыми проектами.

Дел у лаборатории было много, предстояло вырастить целую плеяду крыс, подсаженных на различные наркотики. В Институт завезли большую партию крысят, из которых предстояло сделать наркоманов, используя порошки и инъекции. Кокаиновые, героиновые, марихуановые крысы – за этим было будущее Института.

– Мэри, как хорошо, что ты вернулась, у нас не хватает рук! Ну что, нагулялась в своей России?! Приступай срочно к работе! – обрадовался Гаврила девушке, как только та переступила порог Института.

– Мне надо с вами поговорить, мистер Гавр. По поводу Генриха и прочих.

– Ах, эти... Они же отработанный материал – подлежат уничтожению. Что здесь говорить? Вот приказа дождёмся и усыпим их всех небольно, – мрачно пошутил Гавр.

Маша вздрогнула и протянула ему зелёную папку:

– Ознакомьтесь, пожалуйста, с этими документами.

– Что это ещё такое? – недовольно спросил Гавр, раскрывая папку. – Ааа... Петиции от зелёных. Крысок им жалко, идиоты! А откуда у тебя это?

– Я не могу допустить гибели бедных животных. Их и так достаточно гибнет от наших опытов. Крыс–алкоголиков надо спасти, – сказала Маша, набравшись смелости.

– Да что ты несёшь!!! А люди? Люди, по–твоему, пускай мрут от болезней? Кто эти крысы вообще? Твари неразумные. Они для того и существуют, чтобы опыты на них ставить. Ты что это удумала?! – завопил лаборант раздражённо.

Мэри стояла, как вкопанная, и смотрела ему в глаза:

– Сами ознакомитесь или мне это начальству отнести? Рассказать, что вы незаконного кота в лаборатории держите?

– Кота? Ах, этого... Я и забыл про него, – ответил Гавр нервно.

– Кота, того самого, что из питомника взяли. Вы же дали подписку о нём заботиться, а сами держите его в клетке в лаборатории с крысами. Травмируете, так сказать... Вот натравлю на вас общество по защите животных, будете знать! – с не присущей ей твёрдостью продолжила наступать Мэри.

– Какая–то ты не такая из этой России приехала! Я всегда говорил, что вредно в страны третьего мира ездить, – проворчал Гавр. – Ну, хорошо, что ты хочешь, чтобы я с этими крысами сделал? На волю их отпустить? Или ты их себе возьмёшь в свою маленькую квартирку жить?

– В этих документах имеется обоюдовыгодное бизнес-предложение. Почитайте сначала.

– Обоюдовыгодное! – нервно рассмеялся старший лаборант.– Какая выгода может быть от крыс, кроме пользы для науки?! Ладно, почитаю, заинтриговала ты меня. А вообще мне всё это не нравится. И твоё новое хобби защитницы животных тоже не нравится. Боюсь, что ты не ту профессию выбрала, может, в зоопарк пойдёшь работать? Подумай, не поздно ещё.

– Подумаю, – ответила Мэри и зашагала в сторону лаборатории, где содержались бедные пленники.

Зайдя в комнату, она вытащила Генриха из клетки, усадила к себе на плечо, угостила кусочком швейцарского сыра и налила ему французского коньячку в напёрсток. Коньяк в Институт она протащила контрабандой, в маленькой бутылочке из–под витаминов. Крыс наслаждался изысканным лакомством и любимым напитком, не забывая благодарно тыкать носиком в теплую шею девушки.

– Как поживаешь, мой бедный Генрих? – гладила Мэри зверька по бархатной шёрстке.

Она прислушалась, надеясь, что научилась понимать голоса животных. Но, кроме привычного крысиного писка, ничего не услышала.

«Интересно. . . » – подумала девушка, – «получается, что животные разговаривают человеческими голосами только в России».

Генрих оторвался от трапезы и показал глазами на остальных обитателей клетки.

– Конечно, конечно, – сказала Мэри и бросила тем кусочек сыра, – я знаю, что ты у меня коллективист! Тебе хочется, чтобы все были счастливы, но такого, к сожалению, не бывает. После посещения России я в этом окончательно убедилась, и, если раньше у меня ещё были какие–то иллюзии, то теперь они развеялись как дым.

Крыс смотрел на неё умными глазками и, казалось, всё понимал.

– Я постараюсь вам помочь, всё должно получиться, – продолжала Мэри свой монолог, – посидите ещё немножко, вот приедет Вадим и всё устроит. Он такой. . . ! Он всё может, кроме одного. . . но это вас не касается.

Девушка закончила свою речь на полуслове, и, водворив Генриха на место, ушла, подмигнув безухому коту. Тот хотел было оскалиться, но не успел, дверь с шумом захлопнулась.

«Странная какая–то девица, – подумал Одноухий,– обычно люди котов балуют и чешут за ушами, а эта крыс подкармливает. Не то, чтобы меня это интересовало, конечно. . . Этих людей никогда не поймёшь!»

Жизнь вошла в свой ритм. Дни летели за днями. Мэри училась и работала, для любовной тоски времени и сил не оставалось. Даже заветный платочек был позабыт–позаброшен. Да и немудрено! До кровати она доползала поздно вечером и без каких–либо мыслей проваливалась в недолгий сон. На работе она регулярно навещала Генриха и компанию. Вадим всё не ехал, хотя прошло уже больше месяца. Но вот однажды Гавр вызвал её к себе в кабинет.

До этого девушка с ним старалась не пересекаться, попросив перевести её в другую лабораторную группу, которая занималась разработкой лекарств. Мэри сразу поняла, что вызов к главному лаборанту касается зелёной глянцевой папки. Так оно и оказалось. Гавр начал разговор в официальном тоне.

– Я ознакомился с документами вашего русского друга. Его предложение купить партию отработанного материала, в данном случае крыс, показалось мне несколько странным. Но русские вообще народ странный. Вот он обязуется пристроить их в хорошие руки, а скажите мне, Мэри, кому нужны лабораторные крысы-алкоголики? Как-то всё это подозрительно. Что, у них там в России своих крыс не хватает?

– Хватает в России крыс, а вас не должны беспокоить эти проблемы. Там прилагается петиция от «зелёных», которые вывоз крыс одобряют. Каждая крыса будет отдана или продана сознательным гражданам. А каким образом компания Белокрысова собирается это делать, вас не должно касаться. Проданные зверьки переходят в собственность компании, которая распорядится ими по своему усмотрению, разумеется, с соблюдением норм по защите животных. «Зелёные» обещали эту операцию курировать, поэтому вам надо только подписать бумагу и назначить разумную цену.

Маша выпалила давно заученный текст и отдышалась.

– Не ожидал я от тебя, Мария, такой официальности, – сказал удивлённый Гавр, – ну да ладно. Считай, что договорились. Теперь мне нужен владелец компании Вадим Белокрысов для обсуждения формальностей.

Машин уверенный тон поколебался.

– Я с ним свяжусь, – ответила она, отведя глаза в сторону.

– Свяжитесь, свяжитесь, и как можно быстрее, а то мне уже пришел приказ на ликвидацию, – победно произнёс Гавр и добавил. – Я, конечно, подожду пару дней, но не больше. Лабораторию освобождать надо под новеньких, так что поторопитесь.

У Мэри похолодело внутри . «Пару дней...» – подумала она, – «Всего пару дней! Вот Ирод! Наверняка приказ давно получил и специально тянул до последнего, чтобы поставить перед фактом».

Стараясь не показать Гавру своего волнения, она попрощалась и вышла в коридор.

Придя домой, девушка тут же бросилась звонить Вадиму, но на другом конце провода раздавались длинные гудки, и трубку никто не брал. Она пробовала ещё и ещё, но всё безрезультатно. Потом позвонила в офис, в котором он обычно появлялся редко. Секретарша вежливо ответила, что как найти господина Белокрысова ей неизвестно, но сообщение она передаст.

«Что же делать?» – проносилось в голове у Мэри, – «Всего два дня осталось, не успеем! Может, связаться с Василием? Но как? Не просить же его к телефону!»

«Попросите, пожалуйста, домового Василия к телефону», – представила она и улыбнулась своим мыслям.

– А может, Игнат? Ну конечно, Игнат! – воскликнула девушка вслух и набрала телефон дядюшки Ивана Петровича.

– Алллё... – ответил тот.

– Дядюшка, я тебя не разбудила?

– Что ты, Машенька! Я так рад твоему звонку!

– Дядюшка, милый, мне срочно надо поговорить с Игнатом. Это вопрос жизни и смерти!

– С Игнатом? Он у Данилы вечерами пропадает с Овчаркой. Да и ночует там иногда. Знаешь, ведь Данила Овчарку жить к себе взял. Сейчас тебе данилин телефон продиктую.

Мэри записала телефон, попрощалась с Иваном Петровичем, обещая перезвонить ему вскорости, и набрала телефон художника Данилы.

– Ааа... американочка! – загремел тот радостно. – Как там живется в Америках?

– Данила, дорогой, мне срочно нужно сказать несколько слов Игнату!

– Ну вот, я думал, ты мне позвонила... – произнёс Данила разочарованно и позвал Игната к телефону.

– Игнат на проводе! – прогавкал Пёс в трубку, которую Данила продолжал держать над его ухом.

Мэри сбивчиво стала объяснять о необходимости найти срочно Белокрысова. На что тот ответил:

– Что же, дело житейское. Любовь... понимаю. Сам влюбился давеча, в Овчарку, жениться хочу .

– А как же болонка Лиза? – не удержалась Мэри.

– С Лизой мы друзья, это совсем другое. А Овчарка! Она такая красавица стала после того, как Данила её отмыл и откормил. Почивать изволит сейчас в соседней комнате, а мы с Данилой по–мужски сидим тут.

– Понятно, по–мужски... Найди Вадима, прошу!

– Что за срочность такая? Впрочем, не моё дело. Ладно, свяжусь со своей агентурной сетью в Москве. Для тебя, Маша, всё, что захочешь, я твой должник. Если бы не ты, болтался бы сейчас по московским помойкам... – задумчиво протянул Пёс. – Здесь Данила трубку рвёт из лап... Прощай, подружка!

– Буду ждать вестей! – только и успела прокричать Мария, как услышала раскатистый голос Данилы:

– Хахаля своего разыскиваешь? А со мной, значит, и слова сказать не хочешь?

– Не обижайся, Данила! У меня здесь крысы гибнут, Вадим обещал помочь, а сам пропал, – оправдывалась взволнованная девушка.

– Крысы? Хм... Он мне сразу не понравился, этот тип!

– Данила, я прошу...

– Ну... ладно, ладно... Прослежу за Игнатом, сейчас прямо этим и займёмся.

– Спасибо, ты настоящий друг. Я позвоню с утра!

– Бывай, американочка!

Мария повесила трубку и долго ещё не могла уснуть, думая о Генрихе и его друзьях.

А тем временем в лаборатории обречённые крысы со страхом ожидали своей участи и каждый прожитый день считали подарком. Неутомимый Генрих продолжал подгрызать клетку. Марго мечтала о семейной жизни на винодельне. Лёня и Вова паниковали, как обычно, и ругали кота. Остальные уныло сидели в своих клетках, боясь, что с минуты на минуту за ними придут лаборанты–погубители. Они переписквались друг с другом, обсуждая события дня, и поддерживали Генриха в его намерении бороться за освобождение. Только вот как это сделать – не знали, а отважиться грызть клетки, как это делал лидер-гурман, боялись. Вдруг люди накажут?

– Братья и сёстры! – призывал Генрих.– Давайте все вместе грызть клетки! Что мы теряем, кроме своих цепей?!

Крысиный народ встревоженно запищал:

– Вот вы уже пытались бежать и смотрите, что из этого вышло?! Не осилить нам людей, они могущественны, а мы для них просто крысы!

– Ведь вас же ликвидируют! – кричал возмущенный Генрих. – Всех! Никого не пожалеют!

Крысы гудели и перешёптывались между собой: – Вот его точно не пожалеют, активный очень. А нас, если тихо будем сидеть, глядишь, и пронесёт!

Единственный, кто поддерживал Генриха, был крыс Хосе.

– Революцию! Революцию! Прочь угнетателей крысиного рода! – взывал он к собратьям, но те только косились на революционера и, собираясь в кучки, обсуждали: «А этот вообще сумасшедший! Революция! Ишь, что придумал, ведь все знают, время революций прошло! Это всё прошлый век, мексиканские штучки!»

Хосе начал грызть клетку от злости и очень в этом преуспел, за короткий промежуток времени проделал почти такую же дыру, как Генрих.

«Иногда не вредно позлиться», – думал Хосе, лязгая зубами.

В клетке его боялись, считая буйно помешанным. Настал роковой день. В лабораторию вошёл старший лаборант Гавр и громко объявил:

– Ну что, крысочки–алкоголики! Как насчёт того, чтобы в лучший мир переселиться?! Первую партию сегодня забираем. А вы подождите немножко, помучайтесь! – обратился он к беглецам, потом почесал затылок и продолжил. – Вас я, пожалуй, коту скормлю. Как ты, Одноухий, думаешь? Хорошая идея?! Напоследок крысятинкой побалуешься, а потом тебя самого на опыты пустим. Послужишь научному прогрессу!

Кот только оскалился от этих речей, а крысы затихли в ужасе. Гавр приказал младшим лаборантам выловить несколько обречённых крыс из клетки и пересадить их в коробку. Поднялся писк, зверьки упирались всеми четырьмя лапами, но что они могли сделать против больших рук в резиновых перчатках!

– А к вам, беглецы, я сегодня вечерком наведаюсь, когда рабочая смена закончится. Нам свидетели не нужны...– обратился он к Генриху и друзьям.

Затем бросил лаборантам:

– Кота не кормите сегодня! Я сам!

После того, как лаборанты ушли, унося пять пищащих подопытных, в комнате установилась гнетущая тишина. Крысы с ужасом взирали на пустую клетку и молчали.

– Ну что, дождались!.. – начал было Хосе, но осёкся, слова застряли в горле от трагичности момента.

В клетке с беглецами случилась паника: все обитатели бросились к «подкопу», который проделал Генрих.

– Маленький очень, туда только хвост пролезет, – сетовали водочные.

– А что я вам говорил, – чуть не плакал наш герой.– Если бы все вместе работали, может, и были уже на свободе!

– А сейчас, сейчас? Не поздно ещё? – подала голос перепуганная Марго. – Вдруг успеем, если все вместе станем грызть?

– Нет, вряд ли, тут дня два, как минимум, надо, – ответил задумчиво лидер–Генрих. – У меня другая идея.

И он обратился к коту, который нервно лизал себе правую лапу:

– Господин Одноухий! Вы же цивилизованный зверь, не варвар. У меня к вам предложение.

Кот молчал, и, казалось, не слышал Генриха, продолжая усиленно намывать лапу.

– Послушайте же, – продолжал наш герой свою пафосную речь. – Нас скоро спасут, непременно спасут, я знаю Мэри, она не подведёт. Надо только выиграть время.

Кот закончил с правой лапой и взялся за левую, вылизывая её с пристрастием, вгрызаясь в шёрстку между подушечек.

– Подумайте, какая участь ждет вас! Ведь закончив с нами, они непременно примутся за вас. Будут ставить на вас страшные опыты, от которых сначала облезет шерсть, отвалятся когти, а потом и лапы перестанут ходить... – пугал Генрих кота внушительным голосом. – Я могу предложить спасение в обмен на наши жизни.

Кот перестал лизать лапы, представил себе страшные сцены, описываемые Генрихом. И то, что он себе навоображал, его совершенно не радовало. Однако подавать вид, что напуган, не стал, а вместо этого упрямо молчал, уставясь в угол клетки.

– Я могу замолвить за вас словечко перед Мэри, она девушка добрая и непременно поможет! – продолжал убеждать кота Генрих.

Одноухий демонстративно повернулся к оратору хвостом.

– Верю, что вы зверь благоразумный и не причините нам вреда, – не сдавался крыс. – У меня есть остатки великолепного швейцарского сыра. Не желаете угоститься?

Кот сидел и думал: «Демагог чёртов! Надоел до смерти... Ишь, как напугался, так сразу Одноухий, Одноухий... помоги, помоги... А раньше и не замечал вовсе. А водочные вообще хамы и водкой пахнут, бррр... Как я всё это выдержу! Марго – крыска симпатичная, но тоже вино дешёвое всё время хлещет. Вот если бы пиво ещё, я понимаю! Не нравится мне вся эта вино–водочная компания!»

К запаху пива Одноухий был привычный: его прежний хозяин пил Будвайзер.

Водочные и Марго между тем шептались в углу:

– Что Генрих перед ним распинается! Это же зверюга дикая! – возмущался шёпотом Вова.

– Вот именно, дикая! – вторил другу Лёня.

– Мальчики, подождите, ведь на него вся надежда! Генрих прав, надо со зверем договориться. Сыром его задобрить или ещё чем... Может, не загрызёт...? Пожалеет?..

– Наивная ты, Маргоша, крыса! Как такой может пожалеть?! Посмотри, когти наточил и отвернулся. Неее... вы как хотите, а я за упокой души Крысиному богу молиться начну, – безысходно сказал Вова.

– Вот именно, молиться за упокой, – поддакнул ему Лёня трагично.

Настал вечер. Дверь в лабораторию открылась, и вошёл злодей Гавр, довольно потирая руки. Лёня, Вова и Марго забились в угол клетки и плотно прижались к друг другу, дрожа от страха. Генрих, как всегда, принял удар на себя. Он вышел вперёд и ждал, когда Гавр просунет руку в клетку.

– Какой ты, однако, бесстрашный! – с уважением сказал Гавр и злобно добавил. – За это сдохнешь первым, не будешь мучиться.

Он предусмотрительно надел плотные резиновые перчатки и схватил первую жертву за шкирку. Затем открыл клетку с Одноухим и бросил Генриха внутрь. Кот прыгнул на бедного грызуна и слегка его придушил, к ужасу остальных обитателей лаборатории. Генрих издал душераздирающий писк и потерял сознание. Очнувшись, он увидел Вову, Лёню и Марго, лежащих рядом. Кот отдыхал в другом конце клетки и делал вид, что спит, следя за происходящим наполовину зажмуренными глазами. Пришедший в себя Генрих первым делом проверил, живы ли его друзья. Те слабо дышали и находились в бессознательном состоянии. Наш герой попробовал их растормошить, косясь на дремлющего кота, но придушенные крысы оставались неподвижными.

«Нужно дать им время, хорошо, что все пока живы», – подумал Генрих.

Затем он осмотрелся кругом. Крысы в соседних клетках сидели по углам, сбившись в кучки и испуганно шептались между собой. Только революционно настроенный Хосе стоял на задних лапах и смотрел на Генриха.

– Как ты, амиго? – спросил мексиканец участливо.

– Нормально, только голова немного кружится. Что здесь было?

– Такое было, амиго, такое! Когда зверюга тебя придушил, Гавр кинул ему твоих друзей. Те пищали, конечно, но ничего не могли поделать. Последней была Марго. Зверь долго носился с ней во рту по клетке, пока несчастная не обмякла в его пасти. Она жива?

– Жива, но находится в бессознательном состоянии.

– И немудрено, столько страху натерпеться!

– А что Гавр?

– А что Гавр? Он был немного разочарован, что зверь вас сразу не съел. Но потом понял, что тот на чёрный день оставил, и решил зверя не кормить пока. Кот на клетку бросался и рычал, как дикая пантера, а потом спать завалился. Ууу, живодёр, то есть крысодёр!

Одноухий открыл один глаз и брезгливо посмотрел на Хосе.

– Ты его лучше не зли, Хосе! – сказал Генрих и вежливо обратился к зверю:

– Я вижу, вы проснулись, господин кот. Готовы ли вы приступить к переговорам о нашей дальнейшей судьбе? Я повторяю, нас обязательно скоро спасут. И если вы даруете нам жизнь, то я смогу замолвить за вас словечко.

Кот молча облизнулся и потянул лапы, затем демонстративно перевернулся на другой бок и продолжил дремать.

– Не вступает в контакт. – прошептал Хосе Генриху. – Дикая зверюга, нецивилизованная, сразу видно. Трудно с таким.

– Да, нелегко, – согласился Генрих, вздохнув. – Может, он не понимает по–нашему, по–крысиному?

– Прекрасно он всё понимает. Дикарь просто.

– Может, стесняется? Нас много, а он один.

– Стесняется он, как же! А душить не стеснялся?! – не унимался Хосе.

– Не будите во мне зверя, алкашшши! – раздался шипящий кошачий голос.

Хосе вздрогнул и спрятался в угол, а отчаянный Генрих снова попытался вступить в контакт с одноухим разбойником:

– Зачем так грубо? Мы же подневольные! Сострадание иметь надо! Да и что плохого в спиртных напитках? Вот вы, например, коньяк французский пробовали? Отменная штука! А если с кубинской сигарой, то вообще отпад!

– Не знаю, я когда тебя душил, чуть не выплюнул, до чего противно было. Водочные, конечно, ещё гаже пахли, – пустился в рассуждения Одноухий. – Вот самочка не так мерзко попахивала, виноградиком... Я даже раздумывал, не грызануть ли её... Но решил до лучших времен отложить, кто знает, что ещё этот гадский Гавр удумает?

– Вот видите, у нас общий враг, – не унимался Генрих, радуясь что Марго находится без сознания и не слышит этих ужасных речей.

– Скотина безголовая, Гавр этот. Как он мог себе представить, что я такую гадость стану в пищу употреблять?! Тьфу! Вот если бы органическую полевую мышку... – мяукнул кот мечтательно.

В этот момент очнулись Вова с Лёней, и Генрих отвлёкся от разговора с котом, помогая друзьям прийти в себя физически и морально. Затем они все втроём ухаживали за очнувшейся Марго. Генрих отдал ей свою заначку – кусочек сыра, который прятал за щекой, в надежде подкупить кота. Он был очень обеспокоен судьбой своей подруги, а Мэри всё не появлялась и не появлялась. На следующий день лаборанты освободили ещё одну клетку.

– Прощайте, друзья! Молитесь за нас! – только и успели прокричать несчастные из коробки, в которой крыс уносили на ликвидацию в соседнюю комнату.

Воцарились хаос и паника. Обречённые крысы бегали из угла в угол, от отчаянья пытаясь грызть железные прутья клеток.

Гавр заглянул в кошачью клетку и, увидев, что все её обитатели пока на месте, удивился:

– Что это ты, Одноухий? Почему еду не употребляешь? Не голоден, что ли, или приболел, может? Одноухий зашипел и в ярости бросился на клетку.

– Ну, как знаешь! Ничего, проголодаешься, проглотишь отработанных крысок как миленький! – сказал Гавр и напомнил лаборантам, чтобы те кота не кормили.

3.2 Спасение

Но что же случилось с Мэри? Почему она не спешила на помощь бедным жертвам человеческого прогресса и позволила Гавру начать свою ужасную операцию по ликвидации? А произошло вот что. Девушка от нервного напряжения и смены климатических зон свалилась с ног с тяжелейшем вирусом, который свирепствовал в округе. Сначала у неё заболело горло, потом поднялась температура, стало знобить и лихорадить. Мэри позвонила отцу и слабым голосом попросила приехать. Зайдя в её квартиру, тот застал дочь в бреду.

– Вадим, Генрих.... спаси..., – шептала она срывающимся голосом. Длинные золотистые волосы разметались по подушке, лицо горело.

Отец–профессор не на шутку испугался. Он осторожно взял дочку на руки, отнёс в машину и поехал в ближайший госпиталь, где Мэри провела в беспамятстве пару дней. Потом стало лучше, жар спал, и доктора обрадовали родителя, сообщив, что кризис миновал, и девушка скоро пойдет на поправку. Когда она очнулась, первая мысль была, конечно, о несчастных пленниках. Мэри попросила отца, неотлучно дежурившего у кровати, связаться с лабораторией и узнать, что там происходит. Тот позвонил, но ничего не добился. Гавр строго–настрого запретил лаборантам давать информацию. Девушка расстроилась, стала паниковать и хотела немедленно бежать спасать своих подопечных, но была ещё слишком слаба. Доктора прописали постельный режим, и отец отвез дочь домой, где она тут же схватилась за телефон.

Но не успела девушка набрать номер, как раздался звонок в дверь.

– Маша, милая, что с тобой? На тебе лица нет! Я только что из аэропорта, звонил тебе... – бросился Вадим к кровати, на которой лежала девушка.

Профессор тактично вышел из комнаты, оставив влюблённых наедине.

– Я приболела, но сейчас не в этом дело, – ответила Маша взволнованно, – надо срочно спасать крыс.

Она в двух словах рассказала Вадиму о своем разговоре с Гавром, а потом спросила:

– А какое сегодня число?

– Двадцатое сентября, – ответил Вадим, сидящий на коленях перед кроватью и гладящий машину руку.

– Какой ужас! Он, наверное, уже начал ликвидацию! –

заплакала Мэри. – Бедный, бедный Генрих!

– Так, Машенька, не паникуй! Я прямо сейчас еду в институт! Только позвоню своему другу Джону из общества «зелёных». Уж мы покажем этому Гавру, где раки зимуют!

– Я с вами! А где они зимуют? – воскликнула девушка и попыталась встать.

– Нет, нет, ты лежи и не о чём не волнуйся. Ты же знаешь, я со всем справлюсь, а ты отдыхай и выздоравливай. Кто? Раки? А кто же их знает? – засмеялся Белокрысов, стараясь ободрить больную.

– А как же..?

– Я побежал. Когда что–то будет известно, сразу дам знать!

Вадим чмокнул Машу в щёчку и направился к выходу, по дороге позвонил Джону и, с легкостью перейдя на английский, начал:

– Хелло, Джон!...

Дальше девушка услышала, как захлопнулась входная дверь, и подумала: «Когда он рядом, я снова превращаюсь в русскую Машу и становлюсь полной дурой!».

В это время в лаборатории продолжалась операция по ликвидации.

Гавр подошел к клетке с котом и удивлённо воскликнул:

– Что с тобой, Одноухий?! Почему голодаешь, когда вокруг тебя столько еды?

Кот злобно фыркнул, а крысы испуганно забились в угол.

– Ну, как хочешь, была бы честь предложена. Я думал, ты боевой кот, а ты... В общем, разочаровал ты меня до слёз. Не справился с задачей! Но я не садист, поэтому тебя сейчас накормят, а крысок я изымаю.

Он закончил свою речь и приказал лаборантам выловить крыс из клетки. Одноухому бросили кошачьего корма, затем рука в резиновой перчатке протянулась к дальнему углу, куда забились несчастные жертвы. И тут случилось непредвиденное. Бродяга кот вцепился в резиновую руку с диким воем. Резина поддалась острым кошачьим зубам и окрасилась кровью. Лаборантка в ужасе закричала, выдернув руку из клетки. Кот стоял оскалившись и заслонял своим большим телом дрожащих крыс.

– Ты что, котяра, совсем сбрендил?! – поразился Гавр.

– А чему вы удивляетесь, мистер Гавр? – сказала пострадавшая, промывая руку. – Большой защищает маленьких. Так в природе случается! И вообще надоели мне ваши издевательства над животными. Одно дело во имя науки, а то, что вы делаете, ни в какие рамки не входит! Сегодня же напишу докладную!

Другая лаборантка её поддержала:

– Права Линда, нельзя безнаказанно мучить животных!

Удивленный Гавр открыл было рот, чтобы поставить взбунтовавшихся сотрудников на место, как распахнулась дверь, и в лабораторию зашёл сам директор института и строго спросил:

– Чем вы здесь занимаетесь, Гавр? Почему кот содержится в одной клетке с крысами? И откуда он вообще взялся? По–моему, вы слишком увлеклись своими играми, вместо того, чтобы заниматься делом. На нас поступила жалоба от «зелёных», они едут с комиссией и с каким–то русским, который хочет купить отработанных крыс. Нам это выгодно, как вы понимаете...

– Проклятая Мэри... – пробормотал Гавр.

– Что вы там ворчите? Немедленно приведите лабораторию в порядок, вытащите крыс из кошачьей клетки, и все ко мне в кабинет!

– Да в том-то и дело, что кот не даёт их достать! Озверел совсем, вон, Линде руку прокусил!

– Развели бардак в институте! – ругался директор. – И так одни проблемы с этой перепланировкой, а тут вы ещё!

«Эх, в другие времена я бы его уволил ко всем чертям! А сейчас не могу себе позволить новый персонал нанимать, их же обучать надо, а на это ни времени, ни денег нет. Экономическая депрессия...» – думал директор.

В это время раздался телефонный звонок. Звонил охранник с сообщением, что нежеланные гости прибыли.

– Чёрт, ну всё, поздно!

Началась страшная суматоха. Директор выбежал из лаборатории, хлопнув дверью. Гавр надел перчатку и попытался собственноручно достать крыс из кошачьей клетки, но кот стоял насмерть и позиций не сдавал. Лаборантки вышли из комнаты, оставив живодёра разбираться с крысами в одиночестве.

– Придется тебя усыпить, скотина вредная! – крикнул Гавр, отчаявшись.

Он набрал белой жидкости в длинный шпиц и подошёл к клетке. Крысы, которые поддерживали кота в его благородном деле, разразились ужасным писком:

– Не давайся ему, Одноухий! В ампуле смерть!

Кот бегал по клетке, стараясь увернуться, а покрасневший от ярости лаборант носился кругами, нанося удары шприцем, как штыком. В этот момент дверь снова распахнулась, и в лабораторию вошли «зелёный», русский и директор института.

– Что здесь происходит?! – воскликнул «зелёный» Джон.– Почему кот вместе с крысами, и что вы с ним делаете? Что в ампуле?

«Конец, – подумал директор, – какой же идиот этот Гавр!»

Но лаборант был хитёр. Он встряхнулся и ответил, что в ампуле витамины, которые колют коту для роста шерсти, а в клетке с крысами он оказался случайно, по недосмотру неопытного персонала. Потом так подружился с длиннохвостыми, что разъединять их не стали, дабы не травмировать животных.

«Врун! Наглый врун! Пускай он себе эти витамины вколет!» – пищали крысы, возмущённые такой чудовищной ложью. Но их, конечно же, никто не слышал.

Кот нервно лизал лапы.

– Видите, какой чистоплотный кот! Всё время умывается! Мы его вам тоже можем продать и совсем недорого, в нагрузку, так сказать, – выкручивался из ситуации Гавр, извиваясь как уж на сковородке.

«Все–таки, он бесценный сотрудник», – поменял мнение директор.

– Что–то у вас здесь нечисто. Недаром нам сигнал поступил, – подозрительно сказал «зелёный» Джон.

– Что нечисто? Всё чисто, – приободрился директор, – отработанных крыс никто не мучает, избавляемся от них гуманным способом. Но если русский мистер хочет их купить, то пожалуйста! Мы всегда готовы пойти навстречу. За вино–водочных много не попросим, но за виско–коньячных заплатить придётся, они нам дороже обошлись. Особенно Генрих-гурман! Под него специальный заказ был, поили паразита исключительно французским коньяком и деликатесами кормили. Так что не обессудьте... Если, конечно, он вам интересен. Предупреждаю, что крыс этот нерентабелен и дорог в обслуживании.

Генрих же в этот момент напряженно смотрел на Вадима. Но тот торговаться не стал и сказал, что забирает всех крыс.

– И феминисток–лесбиянок возьмете? Их на шампанском вскормили, тоже напиток не из дешёвых! – продолжал директор. – Мы заменили шампанское на шипучку, так они морды воротят, исхудали совсем.

Феминистки действительно похудели, Толстенькую уже нельзя было назвать таковой, а Худышка вообще в скелет превратилась, одни уши и хвост остались. Они с волнением слушали, что ответит Вадим.

– Ничего, отпоим, откормим! У меня есть клиентка для них.

– А где, если позволите узнать? – спросил предприимчивый директор.

– Секрет и тайна бизнеса, – ответил русский.

Феминистки облегченно вздохнули.

– Ну, на водочных в вашей России особый спрос! С ними точно проблем не будет, – пошутил Гавр и гнусно хихикнул.

– Не будет, вы правы, – грустно вздохнул русский.

После этих дебатов гости прошли в кабинет директора, чтобы уладить формальности и подписать бумаги.

А вечером того же дня в квартире машиного отца раздался ещё один звонок. Профессор поспешил открыть. Белокрысов с видом победителя вошёл в дверь, неся в руках клетку с котом и крысами. Сидевшая в кресле Маша обрадованно вскочила:

– Ой, Генрих, милый! А почему там кот?

– Не понял, если честно,– ответил Вадим, ставя клетку на пол, – сказали, что они дружат. Странно это как–то...

Но – чего в жизни не бывает!

Пока они ехали в машине, Генрих не сводил восторженных глаз с Белокрысова. Тот был именно таким, каким крыс представлял себе настоящего героя. А когда Вадим, отхлебнув коньяк из фляжки, протянул божественный напиток крысу, тот совсем потерял голову от восторга!

– Спасибо! За освобождение и коньяк! – с достоинством произнес он, облизывая усы, в которых застряли капельки.

– Не за что, – ответил Вадим.

– Теперь я ваш должник! – высокопарно продолжал Генрих. – Это очень хорошо, что вы понимаете по крысиному.

– Я на многих языках понимаю, жизнь заставила. Ещё не желаешь?

– Нет, спасибо! Я тут с друзьями, неудобно как–то...

– А ты им предложи, у меня много, на всех хватит!

– Да они не будут. Маргоша – винная, а Лёня с Вовой – водочные.

Остальные крысы смущенно сидели в сторонке и в беседе не участвовали.

– Надо же, какие приоритетные! – удивился Вадим.

– Конечно, у нас с этим строго.

– Тогда придётся подождать, у меня только коньяк.

Кот смотрел на это из другого угла клетки и думал: «И этот коньяк пьет, а с виду вроде приличный человек. Наверное, потому что русский!»

Вернёмся, однако, в квартиру профессора. Ожившая Маша спешила открыть дверцу клетки и уже потянулась было к замку, но Вадим её остановил:

– Подожди, надо отвлечь кота, дикий он какой–то, ещё поцарапает!

В это время Одноухий, не мигая, смотрел на машиного отца–профессора. Тот напомнил ему пропавшего хозяина, хотя и пах по–другому.

– Он не дикий, просто несчастный, – Маша открыла клетку, – кис, кис, кис...

Кот сидел не шелохнувшись и вылезать не спешил. Когда девушка просунула в клетку руку, котяра зашипел и оскалился. Генриху пришлось долго объяснять коту, что здесь им ничто не угрожает, и что Маша его старая знакомая. Одноухий вылез, оглядываясь по сторонам, обнюхал углы, прошёлся по комнатам, а потом подошёл к хозяину квартиры машиному отцу, и уставился на него своим жёлтым немигающим взглядом. Профессор погладил бродягу по голове, и истосковавшийся по ласке кот запрыгнул к нему на колени, устроился поудобнее и громко замурлыкал. За эти пару минут в душе кота что–то перевернулось: вспомнились далёкие счастливые вечера у телевизора с бывшим хозяином, и от этого защемило его большое кошачье сердце.

– А вы пиво Будвайзер любите? – осторожно спросил кот.

– Как это здорово, что вы разговариваете! – удивился и обрадовался профессор. – Конечно, в русской литературе встречались говорящие коты... Вот кот Бегемот, например! Но я не думал, что такое бывает. Совсем от жизни отстал!

– А кто этот Бегемот? – ревниво спросил Одноухий, который не любил конкуренцию. Он вообще других котов не очень любил, разве что кошечек по весне.

– Бегемот? Это один из героев самого великого романа всех времен и народов! – ответил профессор.

– А у него есть хозяин? – продолжал допытываться кот.

– Есть, – засмеялся машин отец,– ещё какой!

Котяра успокоился и не стал уточнять, кто именно являлся хозяином Бегемота. Да и зачем? Его чужие хозяйские коты не интересовали, а уж их хозяева тем более, будь то хоть сам дьявол! Главное, что у Бегемота был другой хозяин, а профессор принадлежал Одноухому целиком. Котяра жмурился и перебирал подушечками лап от удовольствия. Он был настолько счастлив, что даже забыл переспросить профессора, любит ли тот пиво. Дядюшку крайне растрогало такое проявление нежности, и он сразу решил, что никому не отдаст этого бродягу. «И поговорить будет с кем вечерами. Могу начать обучать его литературе, он смышлён, сразу видно. Будет кот учёный», – подумал он и, улыбнувшись, погладил Одноухого между ушей.

Пока человек и кот расшаркивались друг перед другом в любезностях, Маша и Вадим занимались остальными обитателями клетки. Крысы выглядели болезненно, и их необходимо было возвращать к жизни. К счастью, в баре у дяди можно было найти всё необходимое. Лёне с Вовой налили по напёрстку «Столичной», а Марго – красного вина в фарфоровое блюдце. Генрих же вежливо лизнул Маше руку, а потом забрался на плечо к Вадиму и что–то шепнул ему на ухо. Тот полез в портфель за фляжкой с коньяком.

– Он с тобой разговаривает? – ревниво воскликнула Маша.

– Да, а что? Мы по дороге коньячком баловались и разговорились о том, о сём... Классный крыс! – Вадим налил Генриху стопочку.

– Как вы с ним спелись! Ты, что, и остальных крыс понимаешь?

– Не знаю, не пробовал с ними говорить... А что?

– Ничего..., – горестно ответила Маша, которая не понимала по–крысиному.

Генрих опять что–то сказал Вадиму в самое ухо.

– Ах, вот в чем дело! – воскликнул тот, – странно... А впрочем, понятно, кажется. Ты же в институте работаешь, стало быть ставишь опыты над крысами, вот они с тобой и не разговаривают! Не доверяют, прости.

Генрих зашевелил усами и закивал умной головой. Девушка молчала, чувствуя себя обиженной. И вдруг Марго оторвалась от блюдца с любимым напитком и залезла к Маше на плечо из женской солидарности. Она немного понюхала её ухо, поднялась на задние лапки и стала умываться, попискивая и отфыркиваясь. Девушка погладила крысу по шёлковой спинке и немного успокоилась.

Затем они долго обсуждали с Вадимом судьбу остальных крыс. Их предстояло посадить на самолёт и перевезти за океан. Из России и Европы уже поступили заказы на «пьющих компаньонов для одиноких людей». Организованная Вадимом кампания под таким лозунгом собиралась найти дом для каждой крысы из Института Трезвости, помогая животным и одиноким людям одновременно. А если кому–то нужна была непьющая крыса, то с этим было ещё проще. Вадим организовал крысиный питомник, где собирал животных из всех исследовательских институтов и медицинских лабораторий. Покупая крыс, на которых прекратили ставить опыты, он тем самым спасал их от неминуемой гибели. А почему нет? Крыса – отличный компаньон и ухода много не требует.

Предстояло проехаться и по американскому континенту — поступили заказы из Нью-Йорка и Бостона. Вадим предложил Маше совершить эту «творческую» командировку вместе. Девушка, которая из Мэри опять превратилась во влюблённую Машу, без раздумий согласилась. Чувствовала она себя значительно лучше, но из института решила всё же уволиться.

Итак, они сели в машину и покинули Новый Орлеан, держа курс на северо–восток. Вадим уверенно взялся за руль. На плече у него примостился Генрих, рядом сидела Маша, а сзади на сиденье стояла клетка с двумя лабораторными крысками: Персиковой – винной для одинокой нью–йоркской вдовы–миллионерши и большим чёрным самцом для скучающего джентльмена из Бостона, любителя ирландского виски.

Можно, конечно, было полететь на самолёте, но Белокрысову хотелось немного попутешествовать по Штатам. Путь предстоял неблизкий, с двумя ночевками по дороге. Генрих был счастлив. Наконец–то сбылась мечта, и его ждут настоящие приключения! Марго оставили в Новом Орлеане из–за частых мигреней, которые мучили бедную крысу по ночам после последних опытов. Ей не очень хотелось отпускать Генриха, но, видя его горящие глаза, Марго не стала возражать и жаловаться, только вдруг подумала: «Какие мы всё же разные!»

По пустынному шоссе ехать было легко и приятно. Иногда их обгоняли огромные грузовики, набитые всяким добром. Генрих смотрел на них и только диву давался. «Зачем людям так много вещей?! Ведь жизнь проста!» – думал он под шум мотора.

На следующий день они остановились поужинать в придорожной таверне, где Генрихом восхитились байкеры в кожаных штанах. Вадим получил от них несколько заказов на пивных крыс. Они также предложили обменять Генриха на новенький Харлей Дэвидсон, но Белокрысов ответил, что Генрих его друг, а друзей не продают. Байкеры произвели на крыса огромное впечатление своими татуировками, изображавшими зелёных драконов и хвостатых русалок с большими бюстами. А ещё они все были упакованы в чёрную кожу и пахли бензином, сигаретами и пивом. Генрих хоть и мечтал о путешествиях, но не с таким экстримом. Вдруг он остолбенел... В бар зашел большой волосатый байкер и снял шлем, сначала с себя, а потом... о чудо! – с крысы-самки, которая была пристегнута к его плечу двумя тонкими чёрными ремнями. Освободившись от ремней, огромная серая крыса в чёрном кожаном комбинезоне спрыгнула на стойку бара и закурила. Увидев Генриха, она запрокинула лапу за лапу, сплюнула на пол и представилась:

– Матильда.

– А я Генрих, – ответил наш герой.

Он никогда ещё не видел крысу с такими вульгарными манерами. Но, несмотря на это, было в облике Матильды что–то завораживающее. От неё пахло пыльной дорогой и необыкновенными приключениями.

– Ты вообще ничего! Тонколап только, да и мелковат... – бросила Матильда, бесцеремонно разглядывая нашего героя и играя бицепсами, которые проступали даже сквозь кожаную куртку. – Из полевых?

– Нет, я домашний, лабораторный, то есть... – заикаясь, сказал Генрих, которому не хотелось распространяться о своем лабораторном прошлом, но врать он считал ниже своего достоинства.

– Хм... я про таких не слышала, – задумалась Матильда, стряхнув пепел на пол, – хотя постой, постой... По ящику как–то видела. Это те, которые науке служат?

– Именно так!

– Бррр... гиблое дело! Я смотреть не могла, лапами глаза закрыла, хотя и повидала в жизни немало. Эх! Так ты не служишь больше?

– Нет, уволился, – процедил Генрих, не вдаваясь в подробности.

– Ну, извини, брат! Натерпелся, небось! Выпить хочешь? А то я скажу Бобу, он купит! – предложила Матильда, отхлёбывая виски из маленькой рюмки, которую поставил перед ней бармен.

– Спасибо, Матильда! Я коньяк пью, боюсь здесь его не держат.

– Почему же?! Боб! – обратилась к хозяину Матильда. – Купи лабораторному рюмашку.

– Нет проблем! – ответил Боб, доставая кошелек.

Тут подошли Вадим с Машей, которые до этого сидели в дальнем углу и выясняли отношения. Они делали это всю поездку. Генрих старался не вмешиваться.

– Вижу, ты, Генрих, нашел себе подружку! – сказал Вадим.

Потом все начали болтать с друг другом. И даже Маша, которая до этого поглядывала на байкера с опаской, приняла участие в разговоре. Обсуждали марки машин, местную флору и фауну, и, конечно, пробки на дорогах. Преимущество байкеров было в том, что они эти пробки могут объезжать по обочине, иногда не совсем законно. Крысы же вели свои беседы. Матильда после двух рюмок призналась Генриху, что давно хочет потомства и жаловалась на низкую популяцию крыс–байкеров. А потом начала приставать с неприличными предложениями. Генриху Матильда понравилась, но старомодное воспитание не позволяло ему воспользоваться дамской слабостью, и он отказался. Отвергнутая крыса–байкерша подняла его на смех:

– Так ты лабораторный! Значит, обчпоканный? Ха–ха! С потомством точно не поможешь!

Расстроенный Генрих вышел на улицу, вгляделся в звездное небо и заскучал по нежной Марго. «Маргоша никогда бы не позволила себе такой вздор нести! И не курит она! А интересно, я и правда почиканный?... Никогда об этом не задумывался. Надо будет это выяснить», – думал обиженный Генрих.

Вскорости вышли Маша с Вадимом, и вся компания направилась ночевать в придорожный мотель.

3.3 Нью–Йорк

Наконец, усталые, но довольные, наши путешественники добрались до пригородов Нью–Йорка.

– Итак, через час с небольшим мы въезжаем в столицу мира – удивительный и парадоксальный Нью–Йорк! – пафосно произнёс Вадим.

«Какой он, этот город?» – думал Генрих, который много слышал про Нью–Йорк и нарисовал себе в голове картинку из небоскрёбов, исчезающих в синем небе. Один лаборант, выросший в калифорнийской пустыне, рассказывал, что по Нью–Йорку опасно ходить пешком, потому что с небоскребов все время падают самоубийцы и давят случайных прохожих.

Генрих осторожно поинтересовался, собираются ли его друзья гулять между нью–йоркских небоскребов. Вадим слегка удивился вопросу и ответил, что, конечно, прогуляются. Как же без этого?

Крыс с ужасом воскликнул:

– Как, вы не знаете?!

– Что не знаем?

– Там же небезопасно!

– В любом большом городе небезопасно, не понимаю твоей паранойи, – сказал Вадим.

«Почему они такие спокойные? Наверное, точно ничего не знают . . . » – подумал Генрих и рассказал друзьям про свои опасения.

Маша чуть не подавилась кофе, а Вадим громко рассмеялся:

– Это кто же тебе такую чушь наплёл?

– Лаборант один.

– А он был в Нью–Йорке, лаборант твой?

– Не был, но ему надёжные люди рассказывали.

– Ладно, Генрих, мы оставим тебя в отеле, а сами гулять пойдем.

«Так до отеля ещё дойти надо с парковки», – подумал осторожный крыс.

Машу вдруг осенило, что она начинает понимать по-крысиному. Девушка страшно обрадовалась, но решила о своем открытии пока промолчать. Они въехали в Манхэттен. Генрих заворожённо смотрел по сторонам и ничего страшного пока не замечал. Кругом стояли красивые ухоженные здания прошлого века, вперемежку со стеклобетонными небоскрёбами, в которых отражалось небо. Машина оказалась на 5–й авеню и медленно поползла вдоль гламурно украшенных витрин. По улице сновали модно одетые люди. Шумные туристы ходили большими или маленькими группами и фотографировали всё подряд. Особенно усердствовали японцы со своими дорогими камерами. Персиковая, которой предстояло жить в этом городе со вдовой-миллионершей, вылезла из клетки и, не отрываясь, смотрела по сторонам. Насмотревшись всласть на нарядных людей и красивые дома, она сказала высокомерно:

– Дурак ты, Генрих! Я всегда это подозревала! И что только эта Марго в тебе нашла? Хотя понятно, навешал ей лапши на уши — везде бывал, всё видел. А она и поверила. Но мне до вас обоих дела теперь нет, ведь я буду жить в самом лучшем городе мира – Нью-Йорке!

– Не зазнавайся, Персиковая! Подумаешь, Нью-Йорк... Есть и другие города, гораздо более красивые. — забубнил задетый за живое Генрих. Персиковая открыла было рот, чтобы сказать очередную колкость, но тут вмешался Вадим.

– Не ссорьтесь, крыски! Мы подъезжаем к отелю. Сейчас вам предстоит перелезть в сумку и вести себя тихо. В отель с крысами, конечно, нельзя, но мы протащим вас контрабандой. Не оставлять же в машине! Машенька, открой молнию на сумке!

Маша исполнила просьбу, и притихшие крысы полезли в своё кожаное убежище, тихо попискивая. Перед тем как залезть в сумку, Генрих успел прочитать название отеля и оглядеться по сторонам. «Что же, неплохо», – подумал он, забираясь в самый угол сумки подальше от этой персиковой хамки. Шикарный старый отель назывался «Плаза» и располагался рядом с Центральным Парком. Через швы в сумке наш любопытный герой наблюдал за тем, что происходит вокруг. То, что он видел, ему весьма импонировало. Фойе было украшено резными дубовыми балками, посередине стояли уютные диваны и кресла, а на стенах висели городские пейзажи в массивных рамах. Убранство дышало респектабельностью и добротностью. И неудивительно! «Плаза» была одной из старейших гостиниц города и повидала немало на своём веку. Здесь часто останавливались члены правительственных делегаций, индустриальные магнаты и другие уважаемые люди. Номера стоили недёшево, но Вадиму хотелось, чтобы это путешествие они с Машей запомнили на всю жизнь, и денег не жалел. Затем крыски услышали шуршание лифта и почувствовали, что сумку поставили на пол, и всё затихло. Открыв молнию когтистыми лапами, Генрих вылез из сумки и увидел, что влюблённые стоят у окна шикарно обставленного номера с видом на Центральный Парк и целуются. Он смутился и забрался обратно.

– Ну, что там?– набросились с вопросами Персиковая и большой чёрный крыс, предназначенный для бостонского любителя виски.

– Да так себе, ничего, – громко пискнул тактичный Генрих.

Персиковая, наконец, вылезла из сумки, пробежала по комнате и, обследовав все углы, стала громко восхищаться:

– Шикарненько, шикарненько! Ах, какие кресла! А кроватка, кроватка! А у вдовы тоже так?

– У вдовы, может, ещё шикарнеё, – ответил Вадим. – Надо, кстати, ей позвонить.

Потом Маша разбирала вещи, а Белокрысов делал деловые звонки, в том числе – вдове-миллионерше. Персиковая сидела рядом, пытаясь уловить голос своей будущей хозяйки, и была настолько увлечена, что не принимала участия в общем пиршестве. Маша вытащила кусок душистого швейцарского сыра и положила на блюдце, а потом разлила напитки – каждому свой, как крысам и полагалось.

– Угощайтесь, друзья! – сказала добрая девушка, которая в этот момент была счастлива и любила весь мир.

Вадим договорился с миллионершей подъехать к ней вечером. А пока предложил всем желающим прогуляться по городу. Персиковая отказалась — ей надо отдохнуть и привести себя в порядок, уж очень она хотела понравиться будущей хозяйке. Большой чёрный крыс от прогулки тоже отлынул, сославшись на усталость. На самом же деле он был влюблён в Персиковую и хотел попрощаться с ней без лишних свидетелей.

– А ты, Генрих, пойдёшь с нами гулять? – спросил насмешливо Вадим.

У крыса горели глаза от возбуждения, но он немного стеснялся своих страхов, которые теперь казались ему глупыми:

– Да, я бы хотел, конечно, но, право, не знаю. . .

– Боишься быть раздавленным самоубийцей? – глумился Белокрысов.

– Внутри так хорошо, а кто знает, что там снаружи?! – не сдавал крыс позиций. – Но я рискну!

– Вот подумай сам. Если внутри хорошо, зачем наружу выпрыгивать? – добивал его Вадим своей логикой.

Пока Генрих думал, что ему ответить, Маша осторожно взяла крыса в руки и положила к себе в карман пальто.

– Надеюсь, тебе будет удобно, милый Генрих, – сказала она весело, – когда выйдем из отеля, я тебя выпущу наружу.

В кармане было тепло, пахло машиными руками и сладким печеньем.

– А вы сидите тихо, не пищите, – обратился Вадим к оставшимся крысам и запер комнату .

Генрих слышал, как захлопнулась дверь, и подумал: «Вот я и стал карманной крысой!»

Потом раздался шум лифта и голос швейцара, пожелавшего доброго дня молодым людям. И никто не догадывался, что в кармане бежевого пальто высокая белокурая девушка прячет зверька. Затем пахнуло осенним воздухом, и карманный крыс понял, что они очутились на улице. Он осторожно высунул мордочку наружу, посмотрел вниз и увидел серый асфальт и ноги прохожих, обутые в разного покроя и цвета ботинки, туфли и сапоги. Они сновали туда и сюда, и от быстрого движения у Генриха зарябило в глазах. Спустя какое–то время Маша залезла рукой в карман, извлекла любопытного крыса наружу и посадила на плечо Вадима. Генрих зажмурился от яркого солнца и громко чихнул.

– Что чихаешь, мой друг? Не простудился ли? – заботливо спросил Белокрысов, обнимая Машу за плечо одной рукой, а другой поглаживая крысика по мягкой шёрстке.

Генрих от такой заботы растрогался и чихнул опять, потом пискнул Вадиму в ухо, что вполне здоров, и щекотнул его длинными усиками. Тот улыбнулся:

– Никогда не думал, что крысы могут быть такими интересными зверьками. По–моему, я влюбился в твоего Генриха!

– А я тебя предупреждала! – воскликнула девушка обрадованно.

«Обо мне говорят, как будто меня здесь нет! Крайне неучтиво! А ещё люди...» – подумал крыс, слегка разочаровавшись в своих опекунах.

– Прости, усатый, – обратился к нему Вадим, как бы читая мысли, – никак не могу привыкнуть к тому, что ты все понимаешь.

– Даже больше, чем ты думаешь, – огрызнулся Генрих и в знак примирения опять пощекотал ухо своего нового любимца.

Тратить время на обиды было некогда, когда кругом бурлил Нью–Йорк. Крыс сразу уловил мощную энергетику этого громадного города. В воздухе стоял запах осенней листвы, сумасшедших денег, власти, нищеты, творчества и ещё много чего. Нью–Йорк завораживал и пугал, радовал и печалил одновременно. Притихший крыс сидел на плече Вадима и озирался по сторонам. Некоторые прохожие ему улыбались, другие провожали недоброжелательными взглядами. Что поделать — город контрастов! Маша привела своего спутника к большому кирпичному дому, где прошло её детство. Она долго стояла и смотрела на стеклянную дверь. Ей казалось, она вот–вот откроется, и выйдет молодая мама в лёгком сером плаще, засмеётся и потреплет по щеке маленькую дочку. А потом они пойдут, взявшись за руки, гулять в Центральный Парк, где их ждет молодой отец.

«Папа состарился, а мама всегда будет молодой. И это окончательно и абсолютно необратимо...», – подумала девушка и сглотнула слезу.

Генрих увидел, как по её лицу скользнула тень грустных воспоминаний. Вадим крепче сжал Машино хрупкое плечо, и они пошли дальше.

– А давайте гулять в парке! – предложила взволнованная девушка.

– Отличная идея! – откликнулся Вадим.

И они направились в парк и долго бродили там по аллеям. Центральный Парк был излюбленным местом нью–йоркцев и всегда полон народа. Кого здесь только не встретишь! Влюблённые парочки, мамаши с колясками, велосипедисты, молодежь на роликовых коньках, ухоженные нью-йоркские собаки с хозяевами, бездомные в длинных грязных плащах, туристы и, конечно, уличные певцы и музыканты. Генрих удивлялся и восхищался этим огромным зеленым оазисом, расположенном в самом сердце Большого Яблока. Здесь царила совсем другая атмосфера. Не было суматохи, люди никуда не спешили, и всем хватало места и свободных скамеек, на которых можно было целоваться или просто сидеть в одиночестве, читая книгу. Люди в парке были намного доброжелательнее, чем на улицах города. Прохожие на Генриха смотрели с улыбкой и даже спрашивали разрешения погладить, тот к такому вниманию не привык и немного смущался. Вадим с Машей остановились послушать одного из уличных музыкантов. Длинноволосый скрипач прервал свою игру, увидев крыса, и долго расспрашивал о Генрихе и его привычках. Крыс, которому поначалу льстило такое внимание, начал немного уставать и шепнул на ухо Вадиму, что хочет побегать по травке, освежиться, да и по своим крысиным делам сходить.

– А не боишься один? – спросил Вадим.

Скрипач остолбенел.

– Вы, что, хотите сказать, что он вас понимает? – удивился он.

И пока Белокрысов рассказывал дотошному музыканту, какие крысы умные твари, Генрих самостоятельно спустился на землю, цепляясь своими когтистыми лапками за его одежду.

– Да ты, Генрих, альпинист! – воскликнула Маша.

– Как, говорите, его зовут? Генрих? Какое необычное имя для крыса! – восхитился длинноволосый.

Крыс тем временем нюхал зеленую травку и знакомился с обитателями Парка: жучками и паучками. Они молча сновали вокруг. В земле были прорыты маленькие норки, где насекомые обитали: ели и спали. Генрих с интересом взирал на этот крошечный мир, который казался огромным, если смотреть на него снизу. Крысу ужасно захотелось побегать одному и посмотреть, что происходит вокруг, и он пронзительно пискнул, чтобы привлечь внимание Вадима. Тот наклонился и спросил :

– И как тебе окружающий мир, мой маленький друг?

– Ничего так, интересно... Я вот, что думаю. Может, вы сходите куда–нибудь пообедать, а я погуляю пока, тем более, что с крысой в ресторацию вас всё равно не пустят.

– Сейчас у Маши спрошу. Машенька, наш друг хочет немножко свободы. Дадим ему побегать?

– А это не опасно? Ведь собаки по Парку бродят!

– Ну и что, что собаки? Ведь не коты же! – ответил крыс.

Маша с удовольствием вновь отметила, что понимает по–крысиному.

– Что же, гуляй себе на здоровье, только будь осторожней! – сказала она Генриху и добавила строго: – Но чтобы через пару часов был под этим деревом!

– Буду, буду, не беспокойтесь! – пискнул крыс и радостно побежал к небольшому ручейку, который прятался за опавшей листвой.

– Как же он узнает время? – вдруг озабоченно спросила Маша Вадима. – У него ведь нет часов!

– Ничего, он крыс сообразительный, по солнцу сориентируется. Пойдём обедать, дорогая!

Потрясённый увиденным и услышанным, длинноволосый музыкант остановил Вадима и начал спрашивать, как он может приобрести такое замечательное животное. Белокрысов ответил, что Генрих не продаётся, но есть другие экземпляры, и вручил скрипачу визитную карточку. Длинноволосый тряхнул гривой, поспешно засунул карточку в карман и посмотрел на уходящую парочку хитрым взглядом.

– Посмотрим, как не продается! – услышал Вадим вслед, а когда обернулся, скрипач уже напиликивал вальс Штрауса.

Генрих в это время пил водичку из маленького прозрачного ручейка и думал о предстоящей прогулке. Ему было ужасно любопытно и немножко страшно. Всё было в первый раз — и жухлая листва, и жуки и, конечно, пьянящее чувство свободы!

3.4 Приключения в Центральном Парке

Стараясь не терять времени, любопытный крыс побежал изучать окрестности. Бежал он быстро, ловко перебирая тонкими лапками, и даже не заметил, как длинноволосый музыкант было рванул в его сторону. Но куда там! Наш герой исчез за опавшими листьями. Скрипач злобно сплюнул на землю от досады и снова заиграл свои вальсы.

А Генрих продолжал свой марафон, пока не добежал до большого живописного холма. Серые плоские валуны хаотично покрывали холм и были похожи на морских котиков. Генрих, конечно, морских котиков живьем никогда не видел, только на картинке, но это было первое, что пришло ему в голову, когда он смотрел на большие серые камни. На них сидели и лежали отдыхающие, пили кофе, наслаждались последними теплыми деньками, греясь на осеннем солнышке.

Повсюду валялись крошки от бутербродов, и Генрих стал быстро их заглатывать, не потому что проголодался, а для новых ощущений. Ведь он никогда раньше не пробовал сам добывать себе пищу! Добытая еда казалась ему невероятно вкусной. Он так был поглощен этим процессом, что не заметил огромную серую крысу. Она сидела на одном из камней с кусочком хлеба в передних лапах и недоброжелательно смотрела на Генриха.

Гурман приосанился, распушил усы и приготовился произвести впечатление своим элегантным видом и хорошими манерами. Для пущей важности он поздоровался с серой крысой по–французски, надеясь застать её врасплох. Из лабораторных, мало кто понимал иностранные языки, а

Генрих знал несколько фраз, которых было вполне достаточно, чтобы покорить сердце любой неискушенной крысы.

– Бонжур, – ответила серая, продолжая напряженно смотреть на гурмана Генриха.

А затем добавила что–то по–французски, продолжая беседу. Что именно она сказала, крыс не разобрал, его знания иностранных языков ограничивались простыми фразами.

– Простите, я сразу понял, что вы иностранка, поэтому заговорил по-французски. Но, право же, мне было бы удобнее общаться на нашем, крысином... привычнее, знаете ли. Надеюсь, вы меня понимаете.

Серая крыса зевнула и перешла на крысиный:

– Вижу, что ты приезжий, и только поэтому не надгрызла тебе твой длинный хвост!

– Как можно! Вы же дама! Что за жаргон! И почему хвост? Чем вам мой хвост не угодил?! – возмутился Генрих.

– Ах, подумаешь, прямо не крыс, а целый Принц Датский! Ничего, переживёшь. Ты хоть знаешь, где находишься?

– Вы уже меня совсем за дурака держите! Конечно, знаю, где нахожусь. В Центральном Парке!

– Или ты приехал из далекой провинции (что не похоже), или строишь из себя идиота! Я спрашиваю, где стоишь лапами своими, в сей момент? – продолжала наступать крыса.

– Я не понимаю, о чем вы, и почему так сердитесь? – начал оправдываться Генрих, озадаченный такими нападками. – Где стою? На камне, конечно.

– Вижу, ты совсем нецивилизованный! Ручной, что ли?

– Ага, типа того, а что? И почему это я нецивилизованный? Наоборот даже!... Меня все мудрым считают, советуются со мной и уважают, несомненно! – выдал оскорбленный в лучших чувствах Генрих. – Это вы живете тут в лесу...

– Тогда понятно, если ручной. Кто там тебя уважает? Такие же, как ты, домашние дармоеды? Ведь вы и усами не шевелите, чтобы корма себе добыть! Живете всю жизнь в тепличных условиях, а работа у вас — хозяина за ушами щекотать и на плече у него сидеть, ворон считать. Это разве жизнь?! Что вы, ручные, о жизни знаете? Вот мы живём не в лесу, а в городе. А в парке только стресс снимаем! Что тебе, карманно–наплечному, знать о городской жизни! – глубоко вздохнула серая. – Парк для нас – типа санатория. И поделен на территории, между прочим. Это моя часть Парка, я здесь медитирую... Да, да, медитирую! Что уставился? Ну, и остатки пищи подгрызаю, не без этого. Не я одна такая, люди это место тоже любят и еду с собой носят. На природе покушать норовят, с видом! Эстеты! Но мне от этого только лучше, о пропитании меньше заботиться приходится. Особенно летом! Я обычно летом в парк переезжаю на дачу. А чем не дача? У меня и нора здесь есть.

– Простите, я не знал, что зашел к вам на дачу! – смущённо пролепетал наш герой.

– Да ладно, – смягчилась серая, – я вообще гостей люблю. Ты сам–то откуда будешь? И где твои хозяева?

– С юга я, из Луизианы.

– Понятненько, чувствуется по акценту.

Дальше Генрих в двух словах рассказал свою историю. Крысилия — так звали серую — раскрыла рот от удивления:

– Ого! Вот ты даёшь! Какая жизнь! Тюрьма, пытки, побег... А здесь самое страшное – попасть под машину или крысиного яда цапнуть по ошибке! У тебя не жизнь, а детектив какой–то! Хотя тут, в Нью–Йорке, правда, крысы тоже по–разному живут. Пойдём прогуляемся, я тебя познакомлю с самым избранным обществом. Дачи в Центральном Парке кому попало не достаются, как ты понимаешь.

Не успели они отойти и сотню шагов, как услышали приветственное:

– Буонджорно!

– Буонджорно, буонджорно, Лоренцо! – засияла Крысилия, обращаясь к упитанному черному крысу, сидевшему в плетёном кресле около большой свежевырытой норы, вход в которую украшали колонны и витиеватые скульптуры. Крысилия стала приглаживать шёрстку за ушами, а итальянец вскочил с кресла и поспешил гостям навстречу, закручивая длинные усы.

– Ах, донна Крысилия! Вы все хорошеете! – восхищался чёрный крыс, возбуждённо жестикулируя лапами.

– Спасибо, дорогой! Как ваши дела? Вижу, вы нору свою украсили! – ответила довольная комплиментом Крысилия.

– Вот, нанял одного декоратора. Вам нравится?

– Очень по–европейски.

– К корням потянуло на старости лет. . .

– Да что вы?! Какая старость? Вы ещё вполне молоды и привлекательны!

Крыс приосанился и расплылся в довольной улыбке.

– А что за синьор с вами, уважаемая Крысилия? – спросил итальянец, и, не дожидаясь ответа, обратился к Генриху. – Позвольте представиться! Я – Лоренцо. Друг уважаемой Крысилии – мой друг!

Генрих назвал своё имя и подал лапу, которую Лоренцо проигнорировал, а вместо этого заключил нашего героя в объятия и похлопал по плечу.

– Очень рад, очень рад! Вижу, вы приезжий, может, помощь какая нужна? Или обидел кто? Вы мне только скажите, наша организация все вопросы решает. Повторюсь: друг Крысилии – мой друг!

– Нет, спасибо, – ответил Генрих, удивлённый и обрадованный таким тёплым приемом, – никто вроде не обидел пока, но если что–то случится, я к вам обязательно обращусь.

– Да, да обращайтесь, не стесняйтесь. Меня всегда можно найти здесь или в ресторане.

– У вас свой ресторан?

Генрих думал, что рестораны бывают только у людей.

– А как же?! Самый престижный ресторан в городе! Приходите сегодня вечером, я лучший столик для вас оставлю.

Генрих открыл было рот, чтобы вежливо отказать, но Крысилия заговорщически толкнула его в бок и ответила:

– Обязательно придём, уважаемый Лоренцо! Благодарим за приглашение! А сейчас нам пора идти осматривать достопримечательности!

– Как? А выпить бокал домашнего вина? – возмутился Лоренцо. – Пройдёте в нору или на пленэре предпочитаете?..

– Простите, но я вино не пью. Великодушно простите! – ответил Генрих учтиво.

– Кааaaк? Отказываетесь от моего домашнего вина??? – закричал итальянец, размахивая когтистыми лапами. – Меня все в городе знают! Никто и никогда не отказывается от бокала, предложенного самим Лоренцо!

Он пафосно закончил речь и в негодовании отвернулся, явно намереваясь уйти в нору.

– Постойте, уважаемый! – остановила его Крысилия.

Она подошла к итальянцу, отвела его в сторону и что–то долго объясняла. Тот сначала продолжал махать лапами, а потом затих и переменился в морде. Выслушав крысу, Лоренцо скрылся в норе, махнув Генриху, чтобы тот подождал. Наш герой переминался с лапы на лапу и чувствовал себя прескверно, ведь он совсем не хотел обидеть гостеприимного хозяина. Через минуту итальянец вышел из норы, неся в лапах бутылку дорогого коньяка, три фужера и вазу с фруктами.

– Генрих, брателло! Присаживайся к столу! Что же ты сразу не сказал, что только вышел?

– Откуда вышел? – не понял Генрих, присаживаясь и принимая в лапы протянутый фужер.

– Как откуда? Мне Крысилия все рассказала! Не стесняйся, здесь все свои, тебя поймут и не осудят. За что сидел?

– Ах, вот вы о чем! – понял наконец Генрих. – Это не то, что вы думаете! Это и не тюрьма была вовсе...

И хотел было продолжить, но Крысилия наступила ему на хвост, а Лоренцо прервал речь словами:

– Прости за вопрос, брателло! Понимаю, не должен был спрашивать... Итак, друзья, давайте поднимем бокалы за свободу!

Крысы выпили. Коньяк был отменный и приятно расслабил мышцы и нервы. Лоренцо рассказал Генриху историю своей семьи. Корни его родословной уходили в далёкие времена, когда в Америку на кораблях переправлялись эмигранты из Европы. Предки переехали в Нью–Йорк с Сицилии всей своей многочисленной семьей. В те времена крысы мигрировали водным путём вместе с людьми.

– Сейчас это становится всё сложнее и сложнее из–за санитарных инспекций и травли нашего брата, – говорил итальянец с горечью, – вот мой племянник угодил в мышеловку на пароме недавно. Хотел съездить в Италию родственников навестить. Но не будем о грустном, давайте лучше поднимем бокал за наших предков!

Генрих, хоть и не знал своих предков, с удовольствием выпил рюмочку вместе с новыми друзьями. Время за приятной беседой и хорошим коньяком пролетело незаметно. И, когда наш герой взглянул наверх, то понял, что по солнышку ему сориентироваться не получится, небо заволокли серые тучки.

«Что же делать, как узнать время?!» – занервничал Генрих.

Его волнение не ускользнуло от бдительного Лоренцо:

– Ты чем–то озабочен, мой друг?

Крысилия в это время пудрила нос и размышляла, как ей надоело в сотый раз выслушивать эмигрантские истории о тяжелой судьбе итальянских предков.

– Да, немного... Вот солнышко скрылось, время определить не получается! А у меня встреча, даже не знаю, что делать, – ответил Генрих смущенно. – Наверное, придётся попрощаться и идти ждать в условленном месте.

– Хм... А часы на что? Сейчас же двадцать первый век! Кто в наше время по солнцу ориентируется? – удивился Лоренцо. – Дай–ка в нору схожу, часы принесу.

И, встав с кресла, юркнул в нору.

– У вас есть часы! – обрадовался Генрих. – Вот это кстати!

– Конечно, мы же не в джунглях живём! – возмутилась Крысилия, оторвавшись от зеркальца. – Почти в каждой приличной норе часы имеются! Как мы, по–твоему, выживаем? Нью–Йорк город динамичный, здесь время на вес золота! Это у вас там на юге всё медленно, тамошним крысам часы ни к чему!

– Это не совсем так, я в лаборатории к часам привык, а как живут вольные крысы в наших местах, я, право, не знаю. Не встречался ни с одной.

В это время Лоренцо вылез из норы и гордо продемонстрировал новому другу наручные блестящие часы в золотой оправе.

– Только не спрашивай его, где он их взял, – прошептала Крысилия на ухо Генриху, который зачарованно разглядывал дорогую вещь.

– Вот, посмотри, чистое золото! Нравятся? – гордо спросил итальянец. – От прадеда достались. Антиквариат!

Часы выглядели слишком современно для антиквариата, но предупреждённый Генрих не стал задавать лишних вопросов. Он лишь взглянул на циферблат и торопливо откланялся. В запасе было десять минут, за которые наш герой собирался добежать до назначенного места встречи с Вадимом и Машей. Крысилия тоже поднялась с места, и, взяв Генриха под лапу, пообещала гостеприимному хозяину, что они всенепременно придут в его ресторан вечером на ужин. Генрих попробовал было раскрыть рот, но крыса опять наступила ему на хвост, и тот только попрощался. Крысилия вызвалась его проводить, и новые друзья направились в сторону дерева, под которым была назначена встреча.

– До вечера, брателло! До вечера, донна Крысилия! – кричал им вслед упитанный итальянец. – Чао, чао!!!

– Почему вы на меня наступаете, Крысилия? – возмутился Генрих, когда они отошли в сторону. – Глядите, весь хвост отдавили! Я не уверен, что смогу прийти сегодня вечером в ресторан! У меня могут быть другие дела, в конце концов!

Крысилия пожевала ветку и спокойно ответила:

– У тебя не может быть других дел, когда Сам Лоренцо пригласил в свой ресторан!

– Но почему?

– Потому что, во–первых, он кого попало не приглашает, и это большая честь. А во–вторых, если ты хочешь никогда не иметь проблем в этом городе, ты просто обязан бросить все свои дела и прийти.

– Но... Я все равно не понимаю! Я, конечно, смотрел кино про итальянскую мафию и все такое... Но я не считаю, что я что–то кому–то должен! – громко пищал Генрих, размахивая лапами.

Они уже подходили к дереву, а Генрих всё не прекращал возмущаться:

– Я свободный крыс в свободной стра...

Закончить он не успел, потому что был накрыт большой длиннополой шляпой.

– А ты что тут делаешь? – услышал он голос скрипача-похитителя, который обращался к Крысилии. – Ишь, какая красавица! Иди ко мне, я тебя тоже в компанию возьму, будешь вальсы танцевать, а то этому ручному гурману как раз пары не хватает!

И он представил себе, как крысы вальсируют под скрипку, а гуляющие пары бросают стодолларовые купюры в его широкополую шляпу.

– Эх, разбогатею! – размечтался скрипач и стал подманивать Крысилию. – Крыся, крыся, крыся...

Та только махнула хвостом, и, отскочив в сторону, бросилась наутёк. Генрих тем временем пребывал в ужасе. Он не понял, что произошло, и в отчаянии кидался на стены шляпы–капкана.

– Не суетись, дружочек! – сказал скрипач и сгрёб Генриха вместе со шляпой. Схватил испуганного крыса за загривок и, оглядываясь, посадил его в футляр вместе со скрипкой и закрыл крышку. Генрих начал метаться по инструменту, цепляясь за струны, которые издавали звуки, похожие на крысячий писк.

«О, ужас, опять неволя!» – проносилось у него в голове. Вдруг он услышал знакомый голос Вадима.

– Простите, вы здесь моего крыса не видели?

– Какого крыса? Ах, того самого? А что, он пропал? – спросил коварный похититель. – Нет, не видел, некогда мне за крысами следить! Я здесь работаю, между прочим. Но сейчас рабочий день закончен, домой уже собираюсь.

Генрих что есть силы запищал и задёргал струны, но осенний ветер заглушал звуки, играя с ветками деревьев.

– Что же делать, Вадим? – забеспокоилась Маша. – Что с ним будет? Ведь он не привык жить на воле! Ещё под машину попадет или уже попал!

– Не паникуй, Маша! Никуда он не денется! Подождем

тут, может, опаздывает просто. Солнышко–то скрылось, вот он и припозднился...

– Смотреть за крысами надо, – нравоучительно вставил скрипач и пошёл прочь по дороге.

Голоса стали удаляться и, несмотря на все потуги Генриха, его зова о помощи никто не услышал.

Довольный скрипач шёл вдоль парка в северо–западном направлении и насвистывал свои любимые вальсы, продолжая мечтать о танцующих крысах.

«Жаль, не удалось поймать вторую, – думал он, – а, впрочем, может, оно и к лучшему. Она ведь дикая совсем, кусается, наверное. Что–нибудь обязательно придумаю! В зоомагазин схожу посмотрю, почём там крысы. Не думаю, что больших денег стоят. Прикуплю партнершу этому самцу, как его зовут там... Хенри? Да, как–то так... Научу их вальсировать, и будет у меня самый крутой номер в Центральном Парке! Жонглёры и удавы уже всем надоели, а тут — крысы! И не просто крысы, а танцующие вальс бессмертного Штрауса! Деньжищи посыпятся! Может, ещё в цирк подамся!»

Так он шёл по тропинке, насвистывая вальс и мечтая о светлом будущем, и совсем не замечал, что сзади его давно преследовала стая крупных чёрных крыс, осторожно семеня и крутя длинными носами. В какой–то момент один наиболее крупный экземпляр отделился от стаи, забежал вперёд и уселся на тропинке прямо перед скрипачом. Тот сначала было отшатнулся и даже вскрикнул от испуга, а потом подумал: «Вот это удача! Прямо так и прёт в руки! Интересно, самец это или самка? Лучше бы самка, конечно, но самец тоже ничего. Кто их, крыс, разберет, а однополые пары нынче в моде!»

Длинноволосый снял шляпу, положил футляр со скрипкой на землю и пошёл вперёд, приговаривая:

– Крыся, крыся, крыся...

Животное пристально смотрело на человека и не двигалось с места. Скрипач подошёл к нему, крадучись, и уже приготовился накинуть шляпу, как вдруг отбросил её в сторону, подпрыгнул на месте и начал извиваться, хватаясь за разные части тела. Потом зачем–то сдернул с себя ремень и полез в штаны, подпрыгивая и тихо скуля. Малочисленные прохожие шарахнулись в сторону, принимая музыканта за очередного безумца, их немало бродило по Центральному Парку.

– Мерзавцы, совсем стыд потеряли, онанисты проклятые! – воскликнула худенькая пожилая дама и перекрестилась.

Бедолага скрипач побежал вон из парка, подпрыгивая и чертыхаясь.

А над брошенным футляром уже трудился специальный крыс–взломщик, аккуратно борясь с замком. Для этого он использовал не только острые зубки и когтистые лапы, но и умную крысячью голову, ведь у замка был специальный код, подобрать который — непростая задача. Наконец, футляр распахнулся, и из него пулей вылетел Генрих.

– Спасибо, я ваш должник навеки!... – высокопарно начал он, но чёрный крыс перебил его пафосную речь:

– Не за что, брателло! Лоренцо друзей в беде не бросает. Подождём минутку, сейчас остальные с задания вернутся, и пойдем восвояси.

Закончив говорить, чёрный крыс начал умываться, смешно поднося лапы к острой мордочке.

– Почиститься надо, неизвестно, какие бактерии у этого длинноволосого. И тебе советую, а то не ровен час, заразишься! В Центральном Парке грипп ходит свиной. Мне, лично, странно, почему он так называется. Ведь свиней в Парке нет, одни люди...

– Да, действительно странно – присел Генрих рядом и тоже стал чистить лапы. – А можно спросить, на каком задании остальные ваши друзья, и куда делся длинноволосый скрипач? Кстати, скрипку я ему понадгрыз за живодёрство. А грипп распространяется не бактериями, а вирусами, это я точно знаю.

– Ишь, умный какой! Ну, пусть вирусами, какая разница! А скрипку правильно попортил. Времени бы побольше, можно было бы ещё погрызть. Пачкаться только неохота, грипп опять же! А амигос мои на задании по изведению длинноволосого!

Генрих вздрогнул.

– А они его как? Совсем будут изводить?

– Зачем совсем?! Мы ведь не душегубы какие! У нас организация серьёзная, мы же не в Китайском Городе! Вот у них там – беспредел!

– Китайская мафия? Да, я слышал... Про человеческую, правда. Не знал, что у крыс тоже мафия бывает.

– Мафия, мафия... Ты таким словом-то не бросайся, не принято у нас это!

В это время стая чёрных запыхавшихся крыс показалась из–за холма. Один за одним зверьки обогнули большую лужу и приблизились к беседующим.

– Что – попугали злодея? Надеюсь, ничего не отгрызли? — спросил известный взломщик сейфов крыс Сильвестр. — Нам проблемы с человеческой нью–йоркской полицией не нужны!

– Не волнуйтесь, синьор! Этот индюк длинноволосый даже не понял, что произошло! Так, пощипали его немного. Кстати, надо бежать, а то он за скрипкой должен вернуться! – ответил ему самый крупный крыс – вожак стаи.

Крысы дружно сорвались с места и гуськом побежали по направлению норы Лоренцо. Хозяин вышел навстречу, поприветствовал лично каждого члена стаи и поздравил Генриха с удачным избавлением. Тот распинался в благодарностях итальянцу и обрадованной Крысилии, которая подошла чуть позже.

– Да ладно тебе, брателло! Не стоит благодарности. Пусть знают, как наших обижать! А на кой черт ты ему был нужен? Извини, конечно, но мы, крысы, у людей особой популярностью не пользуемся, наоборот даже...

Генриху пришлось рассказать итальянцу о своих злоключениях с самого начала. Сильвестр стоял рядом и слушал, попивая вино и качая умной головой. Остальные члены стаи опрокинули по стаканчику и стали расходиться.

– А сейчас я не знаю, как найти Вадима и Машу. Вряд ли они меня дождались, уже больше часа прошло... – закончил историю наш герой и, сокрушаясь, дёрнул усами.

– Мда, натерпелся ты горя! Я про опыты над нашим братом в газетах читал, но лично встречаться с жертвами не приходилось. Ты первый! А насчет своих друзей не беспокойся, найдем мы их. Такие люди – большая редкость, другие нашего брата не любят, мышьяком норовят потравить! Раздражаем мы их, видите ли! Хомяков с морскими свинками любят, а нас нет. Я думаю, тут дело в хвостах, хвосты у нас неподобающие.

– Нет, – встрял Сильвестр, – простите, синьор Лоренцо, но не только в этом. То есть в хвостах, наверное, тоже…

– А в чём тогда?

– Сейчас объясню, – отхлебнул Сильвестр из бокала. – Дело в том, что мы на людей похожи. Живём рядом с ними, едим одну и ту же пищу. Вот они нас упрекают в том, что заразу разносим, а это не совсем так. Мы чистоплотнейшие животные! Пусть кормимся отходами, так что же?! В доброкачественной пище заразы не бывает, а если они всякую дрянь выбрасывают, тут уж не наша вина. Крысы, конечно, тоже хороши. Не все правильно питаются, но это по качеству шерсти стразу заметно. Те, кто следит за организмом, всякую гадость есть не станет. И заразу разносить! Где она, зараза? В недоброкачественной еде!!!

Лоренцо кивал и покачивал головой, не замечая, что Генрих мнётся с лапы на лапу и норовит что–то сказать.

– Вы правы, синьор Сильвестр! Вот взять мой ресторан, к примеру. Еда отменная! А почему? Да потому, что чем попало крыс не кормлю! Уважение надо иметь к другим! – гордо сказал Лоренцо.

Крысы дружно закивали головами.

– Да вот… Недаром у меня самый лучший ресторан в городе! В человеческом магазине, где продукты беру, одна головка чеснока пять долларов стоит! Всё натуральное, органическое..

Потом Лоренцио взглянул, наконец, на взволнованного гурмана и продолжил:

– Овощи свежие, с грядки. А рыбы только что плавали! Ну что ты, брателло, с лапы на лапу переминаешься?! Волнуешься?

– Да я за друзей переживаю, они меня совсем потеряли,– ответил Генрих, – а ресторан ваш обязательно навещу, вот только их предупредить хорошо. Правда, сначала надо найти.

– А нюх не пробовал применять?

– Нюх?

– Да, нюх! Ну, и голову немножко, не без этого!

– Если бы это было так просто... – вздохнул озадаченный крыс.

– Проще, чем ты думаешь, – отозвался итальянец, а потом обратился к взломщику сейфов. – Поможешь ему, Сильвестр?

– Помогу, конечно. Пойдём, Генрих, прогуляемся до места, где встреча была назначена. По дороге расскажешь про гостиницу, где вы остановились.

– Я, увы, не очень помню!

– Вспомнишь, если мозгами пошевелишь. Пойдём! До вечера, уважаемый! Целую лапки, донна Крысилия!

Крысилия сидела в плетеном кресле и в беседе не участвовала, но, когда стали прощаться, поднялась и подошла к Генриху.

– Божественная Крысилия, я ваш должник! – тихо сказал Генрих, целуя ей лапу.

Крысилия вспыхнула и тихо сказала:

– Жду тебя вечером в ресторане, милый Генрих!

Подошел Сильвестр и тоже приложился к лапе порозовевшей крысы:

– Что вы так покраснели? Не больны ли? Про вирус слышали? Свиной грипп, говорят, ходит!

– Где ходит? – засмеялась Крысилия. – Ах, не волнуйтесь, это меня в жар бросило, душно просто, шкурка потеет.

– Здоровья вам и до скорой встречи!

– И вам до скорого... Арривидерчи!

Лоренцо душевно обнял нового друга на прощание, и Генрих со взломщиком сейфов удалились по тропинке, шевеля носами и о чём–то переговариваясь.

– Хороший крыс, только немного странный. Впрочем, можно понять, жизнь у него была не сахар! Нда... сколько нашего брата на земле, и все разные – задумчиво отметил Лоренцо.

– Вы его строго не судите, он же лабораторный, – вступилась за Генриха Крысилия, прощаясь с соседом.

– Вот именно, что лабораторный. А ты говорила, что в

тюрьме сидел, – ревниво упрекнул её итальянец, – хотя это, наверное, ещё хуже, когда над тобой опыты ставят. Бррр...

Крысилия поцеловала итальянца и пошла к своей норе, пообещав прийти вечером в ресторан.

– Арриведерчи! – крикнул на прощание владелец ресторана, смотря ей вслед взглядом полным обожания и думая: "Какой хвост! Ах, эта донна Крысилия! Хороша, плутовка!"

Пока происходили эти события, Белокрысов и Маша, набегавшись по Центральному Парку в поисках Генриха, сидели в отельном холле и рассуждали, куда мог деться их любимец.

– Может, подружку какую встретил? – предположил Вадим осторожно.

– Это исключено, он влюблён в Марго, – уверенно ответила Маша, – ума не приложу, куда он мог подеваться!

– Ладно, дорогая, пойдём ! У нас ещё встреча с миллионершей, помнишь? Персиковую крысу пора пристраивать. А Генрих, думаю, объявится, он не дурак, не пропадёт!

– Не дурак, конечно, но совсем к самостоятельной жизни не приучен. Как он там, бедняжка! – сокрушалась Маша, встав с кресла и следуя за Вадимом.

В номере их с нетерпением ждала разукрашенная Персиковая. Кокетка начистила шёрстку так, что та лоснилась, и завязала розовый бантик на шее.

– Я попользовалась твоими духами, Маша! Надеюсь, не возражаешь? – обратилась она к девушке, как только та вошла.

– Конечно, не возражаю, – улыбнулась Маша в ответ, – а бант где взяла?

– Им коробочка с духами была перевязана. А что? Хороший бант, что ему без дела пропадать!

– И то ладно, – согласилась девушка.

Затем Персиковая попрощалась со своим чёрным другом со словами:

– Ты, Чёрненький, из Бостона ко мне приезжать сможешь! Здесь не очень далеко, поезда ходят.

Но Чёрный был безутешен. Он забился в угол и попросил оставить его в покое. Когда они вышли в коридор, коварная кокетка пробубнила из сумки:

– Да... вскружила я ему голову! А что поделать, если я красавица такая! Это не моя вина! Красота – это дар небес!

Миллионерша пришла в полный восторг от красотки Персиковой.

– Как хороша! Только что это за розовый шнурок у неё на шее? Фи...! Снимите сейчас же, у меня для Изабеллы, – так она заочно окрестила крысу, – есть кое–что получше! – объявила миллионерша и полезла в шкатулку.

Персиковая поначалу было расстроилась, но то, что она увидела, привело её в восхищение. Миллионерша достала бархатный малиновый ремешок со вкрапленными в него драгоценными камнями и самолично застегнула на шейке у красавицы. Та только замерла от восторга!

– Немножко ушить придётся. Этот браслет мне подарил сам мистер Самуэл Крыддшильд!

– Из семьи тех самых Крыддшильдов?– переспросила Маша.

– Тех самых, леди, тех самых. Влюблён был в меня, как мальчишка! Давно это было, правда! Я тогда ему отказала и вышла за своего покойного супруга. Что же, тот был достойнейшим человеком, только ушёл от меня рано. Впрочем, не так рано, он был намного старше. А я теперь крыс вот от одиночества завожу! Хотя, может, оно и к лучшему... Он бы меня ревностью своей всё равно бы замучил. Сбежала бы от него в конце концов! Сбежала и завела бы себе крысу от одиночества. Так что, как ни крути, от судьбы не уйдёшь! – мудро рассуждала хозяйка шикарной десятикомнатной квартиры.

Персиковая Изабелла заранее начала боготворить свою новую покровительницу. Та и в правду была хороша собой, несмотря на преклонный возраст. Благородная седина очень шла к её аристократическому лицу, а руки, привыкшие трогать всё самое дорогое и качественное, были унизаны золотыми кольцами с разноцветными камушками, каждый из которых стоил целое состояние. Крыса Изабелла, сидевшая у неё на плече, ласково потёрлась о хозяйкино ухо и замерла в ожидании счастья.

– Ах, ты моя хорошая! Пойдём, я покажу тебе твои владения! – воскликнула довольная вдова и пошла вглубь своих апартаментов.

Маша с Вадимом последовали за ней. Прошли несколько просторных и с большим вкусом обставленных комнат и остановились на пороге самой последней. Внутри было построено целое сооружение для обалдевшей от счастья крысы. Строение походило на архитектурную модель трёхэтажного дома в разрезе. Тут имелось всё! И уютная бело–розовая спаленка, и гостиная с обеденным столом и четырьмя резными стульями, две ванные комнаты и огромный гимнастический зал с колесом для бега. Персиковая беслышала о существовании таких колёс для хомяков и белок, но никогда не думала, что ей посчастливится стать обладательницей столь прекрасной игрушки. Она пропищала в ухо новой хозяйке восторженный комплимент и бросилась к колесу.

– Это хорошо, что ты такая спортивная,– отметила миллионерша, глядя на быстро бежавшую по колесу довольную крысу, – вместе будем бегать, а то мне одной лениво бывает.

Маша с Вадимом только сейчас заметили, что в комнате стоял дорогой тренажёр для бега. На прощание хозяйка квартиры рассказала, как она нанимала специальных архитектора и дизайнера, чтобы построить этот крысиный рай.

– Специалисты дорого берут за уникальность такого рода работы, это вам не домик для кошечки! Ничего, главное, бчтобы Изабелле было хорошо! А в тёплые дни мы с ней будем ходить на прогулку в Центральный Парк, – мечтательно говорила миллионерша. – Все кругом с собачками, а я с крысой! Что же, я всегда была эксцентрична!

Когда Маша с Вадимом вышли на воздух в погожий сентябрьский день, девушка сказала, что ничего такого она в жизни не видела.

– Эта мерзавка Персиковая даже не попрощалась! – добавила она.

– Не суди её строго. Пусть будет счастлива, ведь она в лаборатории о таком и мечтать не могла! – вступился за крысу Вадим.

– Да, быть подопытной крысой не сахар! Зато теперь заживёт, как королева! – ответила девушка и немножко позавидовала бывшей лабораторной крысе.

Далее парочка направилась в уютный ресторанчик. Он находился в одном квартале с их гостиницей. И, поскольку вечер был тёплый и безветренный, они сели за столик на террасе и заказали для начала по бокалу вина. Выпив пару глотков, Маша задумалась было о пропавшем Генрихе, как вдруг почувствовала знакомое царапанье коготками о щиколотку! Она нарочно уронила сумочку с колен и, нагнувшись, увидела под столом Генриха в компании чёрного с белыми лапками симпатичного крыса. Девушка открыла сумочку, куда поспешил юркнуть наш герой, попрощавшись с Сильвестром до вечера.

– Арривидерччи! – тихо пискнул итальянец и растворился в воздухе, махнув на прощание хвостом.

– Кто это там попискивает? – спросил Вадим обрадованно.

– Тише! Увидят, что мы с крысой – выгонят! – прошептала девушка, улыбаясь.

Чуть позже, в гостиничном номере, Генрих рассказывал друзьям о своих злоключениях.

– Я был похищен!.. – так он начал свой рассказ.

Маша с Вадимом присели на кровати от удивления и не вставали до тех пор, пока Генрих не закончил. Конечно, наш герой упустил несколько деталей, незачем было посвящать людей в подробности криминального мира нью–йоркских крыс. Маша охала и восхищалась новыми друзьями–спасителями, а Вадим грозился поймать скрипача и больно его побить. Генрих закончил историю, сказав, что приглашён на ужин в специальный ресторан для крыс, и уже, собственно, опаздывает.

– Как, ты опять в бега? – спросил Вадим озабоченно. – Не боишься? После всех–то злоключений?

– Не... мне, наоборот, интересно, – ответил крыс, переминаясь с лапы на лапу. – Ну, я пойду?

– А ты, Генрих, авантюрист! – воскликнула Маша. – Может, лучше с нами останешься? Мы тебе самого лучшего сыра закажем и коньяка нальем!

– Не могу я, Маша! Как ты не понимаешь? Я Лоренцо обещал, он ждать будет! Для меня это дело чести! – проговорил крыс и засеменил своими тоненькими ножками к выходу.

– Лоренцо, хм... как интересно! Из итальянцев, наверное, – вмешался Вадим.

– Да, из них. Его предки эмигрировали в Нью–Йорк с первыми переселенцами.

– Ладно-ладно, иди, только осторожнее будь, счастливого пути! – подобрела Маша.

Вадим открыл сумку и поставил на пол. Генрих быстро юркнул внутрь и затих. Затем Белокрысов отнес сумку в Центральный Парк и выпустил наружу, поинтересовавшись, когда тот собирается возвращаться. Генрих сказал, что заночует в Парке на травке и добавил, что он животное и нуждается в свежем воздухе. На этот аргумент Вадиму нечего было возразить.

– Хорошо, приходи утром, только не очень поздно, а то Маша будет волноваться. Да, и в Бостон завтра выезжаем!

Оставшись один, наш герой пригладил шёрстку и побежал к загородной норке красавицы Крысилии, про которую он и словом не обмолвился в рассказе о своём похищении. По правде говоря, Генриху было немного неудобно перед Марго. Однако, интерес к жизни этого удивительного города и его обитателей был огромен, да и перед чарами непревзойдённой Крысилии устоять было нелегко. Та ждала его около норы и недовольно крутила припудренным носиком.

– Что–то ты опаздываешь, друг мой! – произнесла крыса, глядя в карманное зеркальце, которое очень кстати обронила сегодня юная туристка прямо рядом с норой.

– Извините меня, Крысилия ! Дела, знаете ли, не мог раньше... – расшаркался Генрих, стараясь казаться важным.

– Дела, фи... Какие дела, когда на ужин сам дон Лоренцо пригласил?!

Они перекинулись ещё парой фраз и гуськом побежали к выходу из Парка. Человеческий ресторан «Ля Траттория» находился в двадцати минутах ходьбы. А крысиный ресторан "Ля Крыттория" располагался глубоко под землёй, в норе, вырытой прямо под асфальтом через дорогу от человеческого. Крысилия объяснила, что Лоренцо заключил договор с владельцем ресторана о том, что крысы не будут приближаться к «Ля Тратории» ближе, чем на сто метров. Были прорыты специальные подземные норы. За это, согласно контракту, каждую пятницу хозяин спонсирует ресторан Лоренцо свежеприготовленными деликатесными блюдами. В другие дни недели в «Ля Крыттории» можно было закусить только чёрствой пиццей с бокалом молодого вина. Но по пятницам!!! По пятницам в крысином ресторане устраивалось настоящее пиршество! Чего здесь только не было! Филе из индюшки и кролика, деликатесные колбасы и, конечно же, сыры разных видов! Голландские и швейцарские, итальянские и французские! На что только не шёл владелец «Ля Траттории», чтобы задобрить Лоренцо. К закускам подавались элитные сорта вин и лучшие французские коньяки. По пятницам в «Ля Крытторию» съезжалась вся местная крысиная элита. Гуляли обычно до утра. Всю эту информацию Крысилия поведала Генриху по дороге в ресторан. Тот только шевелил усами от удивления.

«Чего только не придумают крысы, чтобы походить на людей!» – пришло ему в голову.

Крысилия, как будто прочитав его мысли, сказала:

– Вот, Лоренцо ресторан организовал, оно, несомненно, хорошо! Но если подумать... Не крысиное это дело по ресторанам ходить! Хотя удобно, конечно, обслуживание, опять же!

К ресторану добирались по норам. Их было огромное множество, целый подземный город. Генрих смотрел по сторонам и удивлялся количеству лабиринтов, по которым сновали туда–сюда деловые длиннохвостые: «Велик наш народ и сообразителен! А главное – мы древние, и нас много!»

И он преисполнился гордостью за весь крысиный род. У входа в «Ля Крытторию» их приветствовал большой усатый швейцар:

– Милости просим, дорогая синьора Крысилия, синьор... простите, не знаю вашего имени! Дон Лоренцо вас ожидает!

Они прошли внутрь огромной норы, которая была украшена мраморными статуями Крысиного Бога и его приближённых. Помещение было ярко освещено, на стенах висели картины из крысиной жизни прошлого и позапрошлого веков. Увидев удивлённое выражение на морде у спутника, Крысилия весело шепнула ему на ухо:

– Хозяин сего заведения религиозен и старомоден. Имей это в виду!

Генрих кивнул и чуть ли не отпрыгнул в сторону от огромной запечённой утки, покрытой золотистой корочкой. Утка аппетитно пахла, и к ней топталась очередь из крыс с маленькими бумажными тарелочками в лапах. Рядом стояли столы с закусками и напитками.

– Нам тоже в очередь? – спросил наш герой, оправившись от испуга.

– Что ты! Это же шведский стол для малообеспеченных! – рассмеялась Крысилия и объяснила Генриху, что Лоренцо занимается благотворительностью и кормит в ресторане всех крыс своего района. Так что по пятницам вся крысиная братия гуляет по буфету!

Когда они проходили мимо очереди малоимущих, некоторые крысы доброжелательно кивали Крысилии, другие же демонстративно отворачивались.

– Не любят они нас, мы другие. И как бы ни старался Лоренцо, бедные всегда будут бедными, а богатые богатыми! – вздохнула спутница.

– Но ведь кто–то за это платит? – удивился Генрих местным нравам.

– Сейчас увидишь, кто платит!

Они прошли в соседнюю комнату. Здесь все было подругому! Интерьер представлял собой смесь французского борделя, дворцовой роскоши и современного дизайна. По углам стояли золочёные канделябры, призрачный свет которых играл в бокалах с дорогими винами и отражался в богемском хрустале. Посреди зала стояла современная версия скульптуры Давида, который был изображен в виде крысы с длинным хвостом и большими оттопыренными ушами. Генриху эта скульптура кого–то напоминала, но он не мог вспомнить, кого, и на минуту задумался.

– Обрати внимание на пропорции! Говорят, сам Микки Маус позировал художнику!

Этими словами их приветствовал Лоренцо, целуя Крысилию в щечку и пожимая лапу её удивлённому спутнику.

– Микки Маус! Но ведь... – начал было Генрих и замолчал, почувствовав, как донна Крысилия наступила ему на хвост.

– Вы что–то сказали, уважаемый синьор Генрих? – спросил хозяин.

– Нет, нет... – стушевался тот.

– Тогда проходите, дорогие гости!

Пока они шли к дальнему столику, наш герой возмущённо говорил на ухо Крысилии:

– Вообще–то Микки Маус не крыса, а мышь, это во-первых, а во-вторых...

– Помолчи, друг мой, и не перечь сумасшедшему итальянцу, он этого не любит, – шепнула в ответ мудрая спутница.

– О чём секретничаете? – весело и немного ревниво спросил Лоренцо, усаживая гостей за роскошно сервированный стол. – Я позволил себе выбрать для вас несколько своих любимых закусок. Вот эту колбаску только что доставили из Сицилии, а устрицы – из самой Нормандии. Я знаю, как вы их любите, Крысилия!

– Спасибо, почтенный Лоренцо! – облизнулась донна и вильнула изящным хвостом. – Вы знаете, чем меня порадовать!

– Всегда у ваших лап! – произнёс довольный итальянец. – Вы сегодня мои гости, и для вас всё самое лучшее!!! А сейчас вынужден вас покинуть, надо встречать посетителей, но я подойду позже! Приятного аппетита! Чао!

И хозяин умчался, усадив гостей в уютные дубовые кресла, обитые черным бархатом. На столе стояла бутылка коньяка «Людовик XIII» и любимое шампанское Крысилии «Дон Крысон».

– Как мы будем платить за все это великолепие? – спросил Генрих с опаской.

– Не беспокойся! Сегодня мы гости дона Лоренцо, – ответила спутница.

– Неудобно как–то...

– Да ничего! За мной он ухаживает, а тебя пытается удивить! Не бери в голову, давай лучше выпьем!

В этот момент к ним подскочил быстрый официант и

разлил напитки по бокалам. Генрих наслаждался прекрасным коньяком, обществом красивой крысы и приятной обстановкой. Закуски превзошли все ожидания! Он даже отважился попробовать устрицы, которые быстро поглощала Крысилия одну за другой. Жуя солоноватую на вкус устрицу, Генрих всё боялся, что та начнет пищать, но этого не случилось, и он быстро её проглотил, чтобы не искушать судьбу. Крысилия, увидев, что происходит, оторвалась от блюда и нравоучительно сказала:

– Устриц надо не глотать целиком, а смаковать во рту, наслаждаясь изысканным вкусом! И лимончиком поливать не забывай!

– Спасибо, я лучше колбаски с сырком, да креветочек в чесночном соусе отведаю, оно как–то привычнее! А устриц… вы уж сами. То есть, мне, конечно, понравилось… – вежливо отказался Генрих.

– Ну, как хочешь! Жаль, в такой вкуснотище себе отказываешь! Я бы, если могла, то давно на океан переехала и одними устрицами питалась!

– Так что же вам мешает?

– Что мешает, что мешает! Много, что мешает! Привыкла, во–первых! Тут меня все знают, и я всех!

Как бы в ответ на её слова к столику подошел элегантный крыс–франт в серой шляпе.

– Добрый день, пани Крысилия! Как вы сказочно хороши сегодня! Как блестит ваша шкурка! А ваши тонкие ушки похожи на лепестки роз! – произнёс он, поклонившись и поцеловав красавице лапу.

– Ах, пан Мышинский, вы, как всегда, учтивы! Рада вас видеть! – ответила порозовевшая от комплиментов и шампанского Крысилия.

– Станцуете со мной вальс?

– Конечно, станцую, но позже, когда заиграет музыка!

Потом Крысилия представила Мышинского Генриху, они раскланялись и, когда тот отошёл от стола, сказала:

– Очень приличный крыс, чувствуется порода! Хотя и несколько традиционен. Кто в наше время лапы целует?!

– А фамилия почему такая мышиная? – спросил Генрих подозрительно.

– Ну, во–первых, он поляк! А во–вторых, голубых кровей! А с фамилией... Не знаю, там родовая тайна какая–то! Грехи предков! Я думаю, что одна из его прабабушек согрешила с мышью, хоть он это и отрицает! Хвост у него коротковат, посмотрите повнимательней! Только не вздумайте его об этом спросить, наживете себе врага на всю жизнь!

– Что вы! Как можно! – тихо сказал Генрих. – Да, действительно, коротковат!

Они продолжили по-дружески беседовать, выпивая и закусывая.

– До чего же мило! Никогда не был в таком ресторане! – восхитился Генрих. – Раньше думал, что только люди умеют так красиво жить!

– О да, Лоренцо постарался, но это не единственный ресторан для крыс! Правда, один из лучших! – ответила Крысилия, попивая шампанское из высокого бокала.

И она рассказала ему, что в Нью Йорке есть ещё французский, африканский и несколько китайских ресторанов.

– Китайцы нынче везде, – отметил Генрих.

– Да, китайские крысы очень живучи и прекрасно везде адаптируются. За ними будущее! Скоро все крысовечество пожелтеет и сощурится! – иронично хмыкнула Крысилия. И как бы в подтверждение этих слов у их столика оказался мелкий желтоватый крыс с чёрной шёрсткой и узкими глазками.

– Ни хао, Лин! – поприветствовала его Крысилия. – Как дела? Как жена, как детки?

– Все здоровы, слава Крысиному Будде! – ответил узкоглазый.– Как Вы? Перебрались уже на дачу?

– Да, конечно, потеплело ведь!

Она представила Генриха, которому жёлтый Лин долго тряс лапу, а затем они с Крысилией пустились в долгие скучные рассуждения о стоимости нор в Центральном Парке. В ресторане же тем временем происходило вот что. Дверь широко отворилась, и в неё стремительно вошла крупная белая крыса с красным в горошек бантом на шее и в туфлях на высоких каблуках. Надо отметить, что крысы тогда только учились ходить на каблуках и носить аксессуары. Появились первые дизайнеры. Среди них был особенно популярен Крысиан Дюор. Его фирма выпускала сумочки, туфли, нашейные банты, тушь для усиков, и, конечно же, парфюмерию! Ведь крысы так любили запахи! От белой крысы исходил такой сильный аромат, что все посетители ресторана повели длинными носами в её сторону. Генрих таких модниц никогда не видел! Она шла мимо столиков на задних лапах, повиливая крутыми бёдрами и волоча за собой длинный изящный хвост, покрытый мелкими веснушками. Лоренцо сопровождал гостью к столику, тараторя:

– Ах, донна Капитолина! Буонджорно! Какое счастье, что вы удостоили нас своим присутствием! Как вы сегодня обворожительны! Вы одна, без кавалера?

– Лоренцо, я никогда не бываю одна, и ты это прекрасно знаешь! – ответила красавица, усаживаясь за соседний столик. – Вениамин подойдёт позже, у него мигрень.

– Вам как всегда? Селедки и шампанского «Дон Крысон»?

– Да, и ещё запеченного кальмара под винным соусом, люблю морепродукты! И никакого хлеба, я худею!

– Слушаюсь, уважаемая! Сейчас официант принесёт заказ! А пока познакомьтесь с моим другом Генрихом!

Поражённый в самое сердце красотой Капитолины, Генрих вскочил с кресла и, заикаясь, представился:

– Генрих, очч...ень приятно!

– Капитолина, можно просто Капа. А вы с детства заикаетесь?

Крысилия от смеха захлебнулась шампанским и закашлялась.

– Нннет, чччто вы? Этттто от волнения! Ввввы ттттак пппппрекрасны!

– Прекрасна! Да, я знаю, что прекрасна! Налейте мне лучше шампусика, а то пока своего заказа дождусь, совсем от жажды сдохну! А селёдка у вас есть? Эээ... вижу, что нет, одни устрицы, бррр... Я к вам пока присяду, так и быть! Надеюсь, вы рады! Добрый вечер, Крысилия!

– Конечно, рады! Присаживайтесь! Вы же не против, Крысилия?– засуетился взволнованный Генрих, а его спутница улыбнулась и кивнула носом в знак согласия.

– Фи, конечно, одни устрицы и никакой селёдки! – повторила Капитолина, аккуратно усаживаясь на предложенный стул, отогнув свой длинный хвост в сторону. – Сразу видно, что за столом донна Крысилия!

– Прошу прощения, не знала, что тебя встречу! – съязвила спутница Генриха.

Официант разлил шампанского по бокалам, и крысы выпили.

– А это твой новый хахаль, что ли? – спросила Капитолина, ничуть не смущаясь присутствием Генриха.

Тот поспешил ответить за свою спутницу:

– Нет, мы просто друзья – Крысилия вздохнула и заглотила очередную устрицу.

– Друзья?! Правда? Ну, насмешил! Крысилия с кем попало не дружит, – сказала белая и добавила на ухо Генриху, – только спит!

К счастью, его спутница в этот момент отвернулась или сделала вид, что не слышала. Генрих сидел смущённый и не знал, что ответить.

– Я пойду нос припудрю, а то Вениамин с минуты на минуту нагрянет! – бросила Капитолина и отправилась в дамскую комнату, цокая каблучками. Генрих в замешательстве посмотрел на Крысилию. Та рассмеялась и сказала:

– И как – впечатлила тебя эта вульгарная Капа?!

– Действительно какая–то слишком эксцентричная! Очень хороша собой! Но с ней что-то не то!

– С ней всё не то! Ох, уж эти новые эмигранты! Стараются изо всех сил, но манеры и класс... Их же не купишь ни за какие деньги!

– Она эмигрантка? Впрочем, да, я заметил лёгкий акцент. А откуда?

– Откуда–то из Восточной Европы, точно не помню, болгарка вроде. Знаю, что с болгарским цирком сюда приехала. Ещё почти крысенком была, но крупная не по годам. В цирке её за то и держали, что с задних рядов можно было рассмотреть. Капа фокусы всякие выделывала, вальс танцевала. Народ визжал от восторга. Но... люди коварные! Нашли ещё более крупный экземпляр, обучили трюкам, ты же знаешь, мы, крысы, легко обучаемся, а в итоге выгнали Капу на улицу. Но она, конечно, не пропала, бойкая! Замуж удачно вышла один раз, потом второй... Первый муж у неё был сказочно богат, норы элитные строил и только белых крыс в жены брал. Ну... потом выяснил, что Капа крашеная, и развелся с ней, правда, содержание хорошее оставил, а сам женился на настоящей блондинке, в Швецию за ней специально ездил.

– Как крашеная? Такое бывает?

– Сплошь и рядом! Крысы у людей научились. Ладно бы чему–нибудь дельному, например, мышей для прислуги дрессировать. Так нет, все обезьянничают! Дизайнеры, сумки, помада...

– Да, я тоже считаю, что у нас должен быть особый путь в развитии крысиной цивилизации...– начал было Генрих.

Но его спутница поднялась со стула и поспешила навстречу Мышинскому. Заиграл фокстрот, и они плавно заскользили по паркету. Тем временем Капа вернулась из туалетной комнаты и села рядом. Её напудренный носик был задран немного вверх, и это придавало красавице несколько разбитной вид. Генрих не мог оторвать глаз от её красивой морды. Вдруг он заметил небольшую черную точку под глазом, которая выделялась пятном на белой шерстке.

– Мадемуазель Капа, у вас соринка на левой щеке. Позвольте мне её смахнуть! – осмелился он, наконец, сказать после непродолжительного молчания.

– Да как вы смеете! – возмутилась Капитолина и вскочила со стула. – Это и не соринка вовсе, а родинка! Она у меня с рождения!

– Простите, это моя ошибка, мне показалось, что у вас её раньше не было! Ещё раз простите меня! – начал мямлить сконфуженный кавалер. Капитолина завопила ещё громче:

– Аааа!!!

К столу подбежал Лоренцо и взволнованно спросил :

– Что–то случилось? Вас кто–то обидел? Вы мне только скажите!

– Ничего, Лоренцо, успокойтесь вы, боже правый! Никто меня не обидел, просто хвост стулом прищемила, вот и вскочила! – ответила, улыбаясь, плутовка.

Генрих готов был провалиться сквозь землю и начал нервно дёргать ушами. Как только Лоренцо отошел от столика, Капитолина засмеялась и ласково потрепала его за плечо.

– Как вы забавно испугались! Так и быть, скажу вам правду. Это не родинка, а мушка, я её только что нарисовала. Безусловно, с мушкой я выгляжу пикантнее. Вы не находите? –закокетничала она и подняла ещё выше свой курносый носик.

– Я, право, не знаю... – смутился Генрих снова, – мышка? А при чём здесь мыши?

– Ах, какой вы смешной! Не мышка, а мушка! Никогда не слышали? Впрочем, вам ни к чему! –выпалила она скороговоркой. – Гарсон, ещё шампанского!

– Слушаюсь, мадам! – ответил подбежавший официант.

За столом возникла неудобная пауза. И чтобы как–то разрядить обстановку, Генрих спросил:

– Так вы, значит, из Болгарии?

– Аааа!! Какой вы бестактный! Какое вам дело, откуда я? Это Крысилия про меня уже наговорила? Она всегда мне завидовала! Как гнусно! Сплошные интриги вокруг!

Генрих поджал хвост и опустил уши, поняв, что опять задел красавицу за живое. Капитолина лязгнула острыми зубками, выпила очередной бокал, который ей налил подошедший официант, и сразу подобрела.

– Я вижу, что вы не хотели меня обидеть. Все знают, что я не люблю говорить о своём прошлом и ненавижу Болгарию. Но вижу, что вы не местный, поэтому, так и быть — прощаю, – сказала она и отправила в свою красивую пасть очередную порцию селёдки. Незадачливый Генрих облегчённо вздохнул.

В этот момент к столу подошла Крысилия в сопровождении Мышинского, и завязалась непринужденная светская беседа. Крысилия блистала остроумием, Мышинский смотрел ей в глаза с восхищением, а Капитолина демонстративно зевала. Через какое-то время, не выдержав, встряла в разговор Капа, как настоящая крыса–женщина, не терпела конкуренции:

– А вы слышали, что сам Крысиан Дюор предлагал мне

руку и сердце!

– Неужели, сам месье Дюор? – с усмешкой переспросила Крысилия, – Я его лично знаю и сомневаюсь в том, что Он предлагал вам руку.

– Почему же сомневаетесь? Он не обязан вам рассказывать о своей личной жизни! – нервно воскликнула Капа, покусывая от волнения хвост.

– Да просто потому, что он не интересуется дамами, – рассмеялась Крысилия. – Об этом все знают, кроме вас, вероятно!

– Какое хамство кругом! Как всё по–крысиному! Зря эмигрировала в Америку! Надо было во Францию, там бы оценили мой ум и красоту! – завизжала Капа, вскочив со стула. – А у тебя, Крысилия, дешёвые серёжки в ушах и туфли предпоследней коллекции! Стыд и позор! А кавалер твой, – она показала на Генриха, – просто невоспитанный хам! Не знает, что такое мушка!

У Генриха вспотел нос. Крысилия расхохоталась, а обиженная Капитолина пошла прочь, волоча за собой длинный белый веснушчатый хвост. Подоспевший Лоренцо проводил продолжающую вопить крысу в другой конец зала, а потом подошёл к столику и сказал, качая головой:

– Дорогая, но я же просил её не обижать! Она такая ранимая! Теперь выпьет все моё шампанское и съест всю селёдку в ресторане!

Крысилия ответила, что вовсе не хотела обидеть Капитолину, просто так получилось, никто же не виноват, что она такая ранимая. Когда они вышли из ресторана, Генрих спросил свою спутницу:

– Я никогда не встречал раньше крыс из Болгарии. Они там все такие?

– Что ты, Генрих, нет, конечно! – ответила Крысилия. – Хотя – кто знает, Болгария далеко, и как там крысы живут – одному Крысиному Богу известно!

Рассветало. Лучи восходящего солнца отражались в стеклянных небоскрёбах, огромный город просыпался, занимался новый день. Генрих, как настоящий джентльмен, вызвался проводить даму до её норы, и они шли молча лапа в лапу, пока не дошли до дома донны. Там Генрих начал было прощаться, но плутовка Крысилия пригласила его на прощальный бокал вина. Стоит ли говорить, что из крысильей норы он вышел, когда было уже совсем светло, и народ сновал туда–сюда, а крысы, наоборот, попрятались по норам. Генрих мелкими перебежками добрался до гостиницы и поцарапался в дверь машиного номера. Девушка поспешила впустить любимца, осыпая его упрёками:

– Как нехорошо, Генрих, мы ждем тебя уже пару часов! Ты ведь знаешь, что мы собирались с утра ехать в Бостон. Почему ты так опоздал?

Белокрысов подмигнул смущённому крысу и сказал:

– Не ругай его, Машенька! Ну, задержался немного, дело житейское...

Генрих стоял и переминался с лапы на лапу, пряча глаза от охватившего его смущения.

– Я тут, этто... Дддолжен задержаться ещё в Нью-Йорке, – наконец выжал он из себя, заикаясь.

Маша удивилась:

– Как задержаться? О чём ты?

– Понимаете, я встретил одну даму... В общем, не могу я сейчас уехать, у нас любовь и всё такое...

Маша ошеломленно посмотрела на Вадима:

– Как любовь?! А как же Марго?! Да как ты можешь?! Она же тебя ждёт! Вадим, скажи ему!

Белокрысов махнул Генриху по–мужски:

– Давай спустимся в бар, и ты мне всё расскажешь.

– А не рано ли в бар? – спросила Маша озабоченно. – К тому же туда с крысами нельзя. Сядьте лучше здесь, если поговорить хотите, а я пока схожу за кофе. Когда они остались одни, Вадим налил Генриху немного коньячку в специальную миску, себе — в пузатый фужер и начал разговор:

– Знаешь, Генрих, я, конечно, понимаю... Соблазны большого города, красивые светские крысы! Сам когда–то через это проходил. Давай так: погуляй, пока мы из Бостона не вернемся. А потом решишь, что тебе важнее, и куда твоя душа больше стремится. Главное – сделать правильный выбор, ведь он коренным образом изменит твою жизнь.

Вадим сделал большой глоток и задумался. Притихший Генрих тоже лакнул коньяк из миски и промолвил:

– Понимаю, конечно. Но донна Крысилия так демонически хороша, так воспитанна и остроумна, что я не мог устоять! А сейчас что? Не могу же я бросить даму!

– Может, ты на нору в Центральном Парке позарился? – хитро прищурился Вадим.

– Да как ты мог даже подумать об этом! – начал возмущаться крыс, вспоминая просторную и уютную крысилину нору. – Нора у неё, конечно, шикарная, но я бы никогда...

– Ха–ха! Не возмущайся так! Я же пошутил насчёт норы! А ты себя выдал с головой! Дааа, неплохой у тебя вкус!

– Не считаю нужным продолжать этот разговор! Глубоко возмущён! – ерепенился крыс.

– Ладно, не дуйся на меня, как мышь на крупу! – примирительно произнёс Белокрысов.

– При чём тут мыши?

– Ни при чём, выражение такое. Так ты согласен повременить с окончательным решением до нашего возвращения в Нью–Йорк?

– Странное выражение. Ну да, согласен, конечно, а что мне остается делать?! – кивнул недовольный Генрих и подумал: "Как, всё–таки, хорошо Вадим умеет улаживать конфликты. Надо и мне так научиться, а то иногда крыситься начинаю вместо того, чтобы головой думать".

– Вот и славно, а то ругаться с тобой в мои планы никак не входило, – сказал Вадим, открывая дверь Маше, которая несла в руках две чашки с горячим кофе.

Генрих опустил глаза и засеменил к двери.

– Куда ты? Генрих! Вадим! Что происходит? – закричала возмущённая девушка. – Почему ты его не останавливаешь? Что я скажу Марго?

Вадим взял чашки из её рук и сказал:

– Не беспокойся так, Машенька! Генрих погуляет немного по городу и встретит нас, когда мы приедем из Бостона. Я этот же номер зарезервирую. Сама подумай, он ведь нигде ещё не был! И по Бродвею не прогулялся, и в Метрополитен Музей не сходил! В Нью-Йорке — есть на что посмотреть! А ровно через неделю будь добр зайти в этот номер! – закончил Вадим свою речь, обращаясь к Генриху.

– Да, да, непременно... – скороговоркой пробормотал крыс и удалился, лизнув машину туфлю в знак примирения.

– Заговорщики, – улыбнулась девушка.

А сейчас оставим Генриха в Нью–Йорке, а сами последуем в Бостон с Машей, Вадимом и чёрным крысом, любителем виски. Бостон. Бостон после огромного шумного Нью–Йорка показался тихим и уютным. Маша с Вадимом с удовольствием гуляли по паркам города, шурша осенней листвой и тихо переговариваясь. И, конечно, посетили замечательный бостонский рынок, где продавались большие атлантические рыбы, устрицы и прочие морские твари. Затем они зашли в прибрежный ресторанчик. Там Маша заказала свой любимый суп из моллюсков и бокал золотистого калифорнийского шардоне. Вадим последовал её примеру, не спуская влюбленных глаз со счастливой девушки. Всё складывалось как нельзя лучше. Джентльмен, для которого привезли черного крысика, оказался приятным и общительным. Он сразу полюбил своего питомца и угостил того великолепным ирландским виски. Чёрненький был в восторге! Такого вкусного виски ему в жизни не доводилось пробовать! Затем вся компания отправилась в морское путешествие на шикарной белой яхте Майкла – так звали джентльмена–любителя виски. Зеленоватая вода искрилась под солнечными лучами, воздух был по–осеннему чист и прозрачен. Майкл надел на крысика специально сшитый на заказ морской комбинезон в сине–белую полоску и посадил его к себе на плечо. Крысу нравился его новый хозяин, нравился комбинезон, нравились виски и яхта! Он почти не страдал по своей любви — Персиковой крысе, которая осталась в Нью–Йорке. К тому же Майкл пообещал ему поездку туда в скором времени. И Чёрный представлял, какое произведёт на неё впечатление, въехав в городской порт на белоснежной яхте в новом полосатом комбинезоне. Он спал и видел, как красавица–Персиковая встречает его, машет шёлковым платком, а он снисходительно на неё смотрит и улыбается, сидя на плече у нового хозяина и попивая замечательный ирландский виски. Время в Бостоне пролетело

пролетело незаметно, и настал день, когда Вадиму с Машей надо было возвращаться в Нью–Йорк. Согласно плану, «зелёный» Джон должен был привезти оставшихся крыс прямо в аэропорт Кеннеди и встретиться там с Вадимом, который погрузит крыс в самолёт и полетит с ними в далёкую Россию. Маша же должна была возвратиться домой в Луизиану и продолжить заброшенную ею учёбу в медицинском колледже. И вот, наконец, наши влюблённые прибыли в знакомый номер знаменитой гостиницы «Плаза».

«Интересно, когда появится загулявший Генрих?» – размышляла Маша, открывая ставни и любуясь чудесным видом на Центральный парк, переливавшийся теплыми красками поздней осени.

– Появится, куда он денется! Он крыс ответственный, не подведёт, – ответил Вадим, наливая стакан минеральной воды из высокой зелёной бутылки. Как бы в ответ на его слова раздалось тихое шуршание в коридоре.

– Вот и он! – воскликнула обрадованная девушка и кинулась к двери.

Каково же было её удивление, когда вместо Генриха в дверь прошмыгнул крупный чёрный крыс с большими усами, свисающими нитями до самой земли.

– Добрый день, синьор и синьора! – начал он высокопарно.

– Синьорина! – поправила Маша и с волнением продолжила. – Где Генрих? С ним что–то случилось?

– Простите, синьорина! Ничего страшного не случилось с вашим Генрихом! Кроме того, что он смертельно надоел синьоре Крысилии, моей давней знакомой. Я хотел было послать кого–то из своих, но она, Крысилия, уговорила меня пойти самому. Такое вот ответственное задание... А у меня и возраст уже не тот, да и статус... – ворчал недовольный крыс.

– Простите, мы не предложили вам присесть, – засуетилась Маша, – вот сюда в кресло прыгайте! Может, глоточек вина желаете?

– Желаю, конечно! Ещё как желаю! Пока бежал через парк, в горле совсем пересохло.

Лоренцо — а это был тот самый Лоренцо, как догадался

читатель — уселся в кресле и лакнул вино из серебряного наперстка.

– Уютно тут у вас! Я давно в «Плазе» не бывал! У них здесь с нашим братом строго! Раньше мы всюду бродили, дааа... Хорошие времена были! Наши предки целые города захватывали! Я в книгах читал. Но сейчас не об этом...

– Да, да, мы вас слушаем, продолжайте. Что там случилось с нашим другом? – нетерпеливо спросил Вадим.

– Вот молодежь, всё торопятся! У нас, у крыс, так же... Никакого почтения к старшим! – проворчал итальянец, потягивая вино.

– Простите, синьор, не знаю вашего имени... – начала Маша и наступила Вадиму на ногу.

– Лоренцо я, дон Лоренцо можете меня звать, – подобрел старик. – а вы – Маша? Я про вас много хорошего слышал от Генриха! Ну да ладно! В общем, донна Крысилия просила, чтобы вы его забрали!

– Как забрали? Он, что, ходить не может? Болен или лапы повредил? – забеспокоилась девушка

– Не то и не другое. Влюбился он... Оно понятно, конечно. Крысилия видная из себя крыса и образованная. Я и сам в неё немного влюблён. Но надо же понимать: статус там, положение и всё такое... У Генриха вашего даже норы своей нет! Он крыс достойный, я его к себе на службу хотел принять, хоть он и не из наших будет. Так отказался, неблагодарный! Говорит, не привык никому служить, кроме науки! У самого – ни кола, ни норы! А у Крысилии нора просторная и место хорошее, на холме! Там не сыро, и туристы пикники любят устраивать. Ведь это ужас, как выгодно, о пропитании заботиться не приходится. А зимняя норка у донны прямо на Пятой авеню под магазином Гуччи. Знаете такой? Хороший магазин, там очки одни стоят столько, сколько некоторые крысы за год не зарабатывают!

– Хорошо ваша донна Крысилия живет! – вставила Маша.

– Хорошо, конечно! И не хочет никаких осложнений. Понимаете, да? Она крыса душевная и всё такое... Но живет одна давно, и если замуж соберется, то за себе подобного! – тут Лоренцо приосанился и покрутил усы в цепких лапах.

– В общем, пойдёмте, я вам дорогу покажу! Заберёте его, и дело с концом!

– Ах, Генрих, Генрих... – вздохнула Маша и пошла надевать пальто.

Подойдя к норе Крысилии, они сразу увидели нашего незадачливого героя, который стоял на задних лапах и просил хозяйку его впустить:

– Милая Крысилия! Что, что я должен сделать, чтобы вернуть твою любовь?

– Ах, уходи, Генрих! Уходи, пожалуйста! Я так от тебя устала... Ты очень хороший и ни в чём не виноват, просто я привыкла быть одна и не могу по–другому. К тому же твой южный акцент меня убивает! Возвращайся к своей Марго и забудь меня!

– Но как же, милая Крысилия, ведь ты говорила, что любишь меня!

– Любила, а потом разлюбила! Такое бывает, представь себе! Оставь меня, Генрих, уходи!

– Куда же я теперь пойду? Я так люблю тебя и успел полюбить этот город! Помнишь наши ночи в Метрополитен Музее? Как мы стояли у картин импрессионистов и наслаждались великой силой искусства! Тогда ты меня любила!

– Ах, не мучь меня, Генрих! Я действительно любила тебя тогда, а сейчас любовь прошла, растаяла, как прошлогодний снег.

– Как грустно!

– Да, грустно! Но здесь ничего не поделаешь... Это жизнь. А потом, что бы ты стал делать в этом огромном городе? Жить в моей норе? Питаться остатками от бутербродов? Ведь у тебя нет денег даже пойти в ресторан к Лоренцо! Как ты себе представляешь нашу совместную жизнь?

– Я пойду работать! Да, работать! Как все! Вот Лоренцо предлагал мне на него работать, но я отказался. Просто не подумал, что нам с тобой это надо! Но теперь пойду, если ты захочешь! Только скажи! Не бросай меня, Крысилия!..

Голос у бедного крыса начал срываться, он почти рыдал, стоя у норы светской сердцеедки.

– Не смеши меня, Генрих! Работать он пойдет! Ты просто не понимаешь, о чём ты говоришь! Да и немудрено, ты ведь вырос в лаборатории и совсем не знаешь реальной жизни! А в ней всё по-другому, друг мой, – грустно сказала крыса и высунула из норы свой остренький носик. – Ой, за тобой, кажется, пришли!

Тут Генрих обернулся и увидел своих друзей и дона Лоренцо, стоявших в сторонке. Он обхватил голову руками и тихо пошёл прочь от норы, унося с собой всю печаль своей большой крысиной любви .

– Вот и хорошо, а то он вас совсем измучил, дорогая донна! – подбежал Лоренцо к норе Крысилии. – Может, бокал вина для снятия стресса?

– Уходите, Лоренцо, оставьте меня одну, мне очень и очень грустно... – донёсся печальный голос из норы .

– Но почему? Ведь он же ушёл! Я его друзей привёл, чтобы облегчить страдания! И вот ваша благодарность!

– Ах, вам не понять этого, Лоренцо! Я, может быть, отказалась сейчас от самого хорошего в своей крысиной жизни!

Из норы послышались глухие рыдания.

Так закончилась ещё одна история в Центральном Парке города Нью-Йорка, где драма была обычным делом. В Парке каждый день проливались чьи–то слёзы, а иногда и кровь. Не каждая крыса может выжить в Нью-Йорке!

На следующий день Белокрысов должен был улетать в Москву с партией крыс–алкоголиков, которых ждали в России и Европе заказчики – одинокие люди. На Марго и Генриха пришёл запрос из Южной Франции. В провинции Бордо жила графиня, владелица большой преуспевающей винодельни, которая мечтала о парочке крыс, чтобы попивать с ними вина и коньяки, любуясь живописными ландшафтами. Марго с Генрихом были идеальными кандидатами для этого проекта, осталось только получить их согласие. В Марго Белокрысов не сомневался, а вот с Генрихом дела обстояли сложнее. Тот сидел в углу гостиничного номера, пил коньяк, молчал и отказывался от пищи. Одним словом, пребывал в депрессии. Перед тем, как пойти с Машей ужинать, Вадим объяснил Генриху ситуацию. Крыс с тоской поднял свои влажные чёрные глазки и тяжело вздохнул.

– Понимаю, это непростой шаг. Подумай и дай ответ сегодня вечером. Завтра в дорогу! Джон привезёт твоих друзей в аэропорт. В общем, решай, что тебе сказать Марго и что делать дальше. Я должен дать ответ графине как можно быстрее. А мы с Машей пока пойдем ужинать.

Озадаченный изменщик снова вздохнул и сел в позе йога, сложив крест-накрест задние лапы. Он где–то читал, что в этой позе легче принимаются решения.

И вот, Маша с Вадимом сидят в японском ресторане. Девушка аккуратно схватила палочками кусочек тунца, отправила его в рот и с удовольствием проглотила.

– Выбор ресторана был правильным, – сказала она,– суши на редкость свежие.

– Прекрасные суши! – ответил собеседник.

Когда всё было съедено, и принесли зелёное мороженное на десерт, Маша начала давно задуманный разговор:

– Спасибо тебе, Вадим, что помог спасти бедных подопытных животных. У меня с плеч свалился огромный груз. После всего, что произошло, я в лабораторию не вернусь, конечно. Придется искать другую подработку.

– Найдёшь, дело нехитрое!

– Найти–то найду! Но... может, я не хочу ничего искать! Может, я уже всё нашла! В общем, я готова уехать с тобой Россию, если ты меня позовешь... – девушка с трудом выталкивала из себя последние фразы.

– А как же твоя учёба?

Когда Маша услышала безликий тон его голоса, она сразу всё поняла, но продолжила говорить, цепляясь за ниточку.

– Продолжить учёбу я могла бы и в России, или в той же Европе, чтобы быть поближе к тебе.

– Как ты это себе представляешь? Я же все время в разъездах! Через месяц, когда пристрою крыс, собираюсь уехать в Центральную Африку на полгода помогать спасать редкий вид вымирающих утконосов.

– Утконосов!

– Да, утконосов!

– Значит, тебе утконосы важнее меня?

– Не говори глупости. Утконосы это утконосы. Ты это

ты. Я очень тебя люблю, но уже говорил тебе, что не собираюсь менять свою жизнь. Понимаешь, поменять жизнь – значит поменять себя самого… Это непросто, и не входит в мои планы.

– Планы! Значит, и я не вхожу в твои планы?!

Машин голос задрожал, а глаза наполнились слезами.

– Не плачь, здесь ничего нельзя поделать, – твёрдо сказал Вадим, а потом, помолчав, добавил: – К тому же – проклятие… я не могу рисковать тобой, ты мне слишком для этого дорога.

– Проклятие!? Это я проклята! Навсегда проклята, проклята тобой! – закричала Маша, вскочила, перевернув стол, разрыдалась и выбежала на улицу.

Остатки растаявшего мороженого растекались по полу, образуя большую зелёную кляксу. Сдержанные японцы, как ни в чём не бывало, начали убирать разбившуюся посуду. Вадим сунул деньги в руки хрупкой официантке и бросился на улицу вслед за рыдающей девушкой. Маша быстро бежала по людным улицам, натыкаясь на удивлённых прохожих, которые не понимали, куда можно так спешить в этот тёплый осенний вечер. Слезы размазали тушь на ресницах и стекали серыми струйками по лицу. Она не переставала повторять: «Проклята, проклята…» Сменив бег на быструю ходьбу, девушка не заметила, как дошла до самых старых районов города. Она села на скамейку в парке нью–йоркского Университета, вытерла слёзы и огляделась. Кругом сновали весёлые студенты, шурша осенней листвой, смеясь и о чём–то бесконечно болтая. На соседних скамейках сидели влюблённые парочки, целовались и вели тихие беседы. Маше вдруг подумалось, что она могла бы точно так же наслаждаться студенческой беззаботной жизнью, влюбляться в парней с параллельного курса, бегать на романтические свидания. А вместо этого она пытается приручить дикого русского, с багажом прошлой жизни, страхами, проклятиями и прочим этническим мраком. Зачем всё это? Почему она не такая, как эти молодые весёлые воробушки? Почему эта «русскость» так тянет в свой мрачный омут? Что там есть такого, что засасывает её целиком, не оставляя никакой надежды? К чему эти приступы бешеной радости, мутного безоглядного веселья, сменяющегося страданиями и безысходностью! Достоевщина... Домовые, говорящие собаки... Зачем всё это? Не лучше ли жить в спокойной благополучной стране без чертовщины, с давно установленными порядками, где всё легко и понятно, и не водится всякая нечисть! Пока девушка предавалась своим невесёлым думам, на соседнюю скамейку уселась крупная серая ворона.

– Привет, Птица! – поздоровалась Маша.

Ворона молчала.

– Не понимаешь? Вот и правильно! Не должны птицы понимать человеческую речь, а уж разговаривать и подавно!

Ворона вспорхнула и пересела поближе. Маша начала рассказывать ей грустную историю своей несчастной любви. Птица клевала что–то, косясь на рассказчицу своим чёрным недобрым глазом.

Тем временем в гостиничном номере сидели Вадим с Генрихом и пили коньяк, жалуясь друг другу на тяжёлую мужскую долю и женское коварство. Было далеко за полночь, когда Маша вернулась в отель и застала там такую сцену: Белокрысов спал, развалившись в кресле и вытянув свои длинные ноги, на полу лежала опорожнённая бутылка коньяка, а крыс Генрих распластался на правой руке Вадима, и кончик его длинного хвоста свисал плетью в пустой бокал. Маша вздохнула, взяла в руку бесчувственное тело захмелевшего Генриха , аккуратно перенесла его в соседнее кресло и укрыла своим жёлтым шарфиком. Затем набросила пушистый плед на второе бесчувственное тело, умылась и легла, всё вспоминая свою исповедь перед нью–йоркской равнодушной вороной. Наутро вся компания проснулась с тяжёлыми мыслями, а кое–кто и с похмельным синдромом. Вадим уткнулся в бумаги, Маша собирала вещи, стараясь не смотреть в его сторону, а Генрих чистил свою шкурку и нервно подрагивал небольшим тельцем. Наконец, напряжённую тишину нарушил машин вопрос:

– Ну, что ты решил, Генрих?

– В каком смысле? – ответил хитрый крыс вопросом на вопрос.

– Не притворяйся, что не понимаешь! Поедешь с Марго во Францию или у тебя другие планы?

– Другие...

Генрих опять зарылся носом в шкурку, пряча при этом глаза. Маша помолчала, а потом раздражённо сказала:

– И какие? Прекрати скрытничать! Почему я должна из тебя слова вытягивать?! Объясните же, что происходит, наконец!

Тут в разговор вмешался Вадим, который до этого молчал, перебирая бумаги.

– Успокойся, Маша! Ничего страшного не происходит, просто мы с Генрихом решили, что он поедет со мной в Москву. Для него так будет лучше, да и мне веселее. Разделит со мной одинокую холостяцкую жизнь. Мы прекрасно ладим с друг другом.

– Да, это я заметила, – нервно проговорила Маша. – Что же, раздели свою жизнь с крысой, раз больше ни с кем не хочешь! Прости, Генрих! Просто сил моих уже с вами нет! Побыстрей бы всё закончилось! А Марго? Что делать с Марго?

– Я сам с ней поговорю, – виновато пискнул крыс из своего угла. – Понимаешь, Маша, я понял про себя, что я по натуре холостяк и не хочу портить Марго жизнь.

– Какие знакомые слова! – с горечью сказала девушка. – Да, вы действительно созданы друг для друга!

– Ладно, не злись! Надеюсь, ты не ревнуешь? - Белокрысов подошёл к девушке и попытался её поцеловать. Но та увернулась и ускользнула в ванную комнату. Затем включила воду в раковине, чтобы никто не слышал её приглушенных рыданий.

Вадим с Генрихом виновато переглянулись.

В аэропорту компанию встретил «зелёный» Джон с остальными крысами, которым предстояло перелететь через океан. Поступило ещё несколько заказов из Франции на винных крыс, и Джон самолично вызвался их сопровождать. Осталось решить судьбу Марго и отправиться в дальний путь. Крыс перевозили в комфортабельных клетках. Марго по-прежнему находилась в одной клетке с водочными Лёней и Вовой. К ним, правда, подселили несколько новых жильцов, среди которых был революционно настроенный Хосе, белая винная самочка Вероника и парочка пивных крыс. Маша осторожно извлекла Маргошу из клетки и, посадив к себе на плечо, сказала:

– Ты как себя чувствуешь, сестрёнка?

Крыска нежно лизнула девушке ушко.

– Хорошо. А где Генрих? Набродился по Нью–Йорку? А то я уже по нему соскучилась.

– Набродился, вот именно... Сейчас я тебя к нему отнесу.

Маша тяжело вздохнула, аккуратно взяла крыску поперёк тела и посадила в дорожную сумку Вадима, где было оборудовано удобное временное жильё для Генриха. Тот сидел на жёлтом шерстяном шарфике, подаренном ему девушкой на прощание. Увидев Марго, крыс сорвался с места и галантно чмокнул ей лапу, пряча хитрые глаза. Марго порозовела и радостно пискнув, потерлась носом о его плечо. Генрих отодвинулся и начал сложный разговор. Конечно, в своих объяснениях он не упомянул любовный роман с Крысилией. Так посоветовал Вадим, который разбирался в женской психологии лучше него. Когда Марго поняла, что коварный любимый предпочел Россию винодельческой Франции, она пришла в жуткое негодование.

– Но почему? Ведь мы же договорились! Ведь там на винодельне производится моё любимое вино и обожаемый тобою коньяк! Самый лучший! И сырная ферма под боком! К тому же, мы будем вместе! Что тебе ещё надо?

– Я не могу посвятить свою жизнь потреблению гастрономических изысков и распитию коньяков, пусть даже самых лучших!.. – начал было Генрих пафосно, но увидев, как повлажнели знакомые глазки–бусинки, смешался и замолчал. Они долго тихо перепис켜кивались, а затем раздался жуткий визг, и Мария открыла сумку. То что, она там увидела, было смешно и грустно. Марго вцепилась в хвост нашему герою, тот визжал и просил о пощаде.

– Вот оторву тебе хвост, узнаешь, как меня игнорировать! Без хвоста ты ни одной порядочной крысе не будешь нужен!

Говоря это, она отпустила свою добычу, а потом вцепилась опять, ещё больнее. Генрих взвизгнул:

– Маргоша, прости! Ты же интеллигентная крыса, к чему такие варварские меры!

Марго на минутку задумалась, никто не называл её интеллигентной до сих пор. Крыс, воспользовавшись замешательством своей бывшей невесты, выдернул хвост из её пасти. Затем высоко подскочил, и, выпрыгнув из сумки, взгромоздился Маше на плечо, дрожа всем телом.

– Спаси меня от этой сумасшедшей! Прошу тебя, Маша! Я тебе за это всё прощу! Даже опыты!

– Каков наглец! – засмеялась Маша.

В этот момент к ним подошёл Вадим и водворил разбушевавшуюся Марго в клетку. Друзья бросились её успокаивать. Особенно старался мексиканский Хосе, который был давно влюблён в красавицу Марго, только боялся ей в этом признаться. А тут представился удобный случай, и он открыл крысе своё сердце и поведал, что отказался из–за неё от поездки в Мексику к богатому мексиканцу, любителю текилы. Затем он начал себя переучивать и пить непривычное вино, чтобы у них было больше общего. Вино пить так и не получилось, но зато пристрастился к коньяку и теперь был готов эмигрировать во Францию вместо Генриха.

– Я давно подозревал, что этот коньячный пижон неблагонадёжен! – так закончил Хосе свою исповедь.

Вова и Лёня зашипели на мексиканца, но возразить им было нечего. Водочные направлялись в Россию, где их ждал косматый художник Данила. Он смастерил для будущих питомцев комфортный бревенчатый домик и купил ящик самой лучшей водки под величественным названием Царская. Взять с собой Марго они не могли, потому что та в Россию ни за что не хотела по понятным причинам – что винной крысе там делать?

– А ты будешь меня любить и сидеть со мной на солнечной лужайке? – спросила заплаканная Марго, которая никак не могла расстаться со своими мечтами.

– Конечно, буду, сеньорита! Ещё буду чесать вашу божественную шёрстку и делать массаж вашим изящным лапкам.

Белая крыса Вероника завистливо фыркнула, она считала себя гораздо красивее и не понимала, что все в этой «сеньорите» нашли. Марго минутку помолчала, а потом согласилась на все предложения Хосе и победно посмотрела на Веронику. Та гордо удалилась в угол и продолжила там высокомерно фыркать. Таким образом, конфликт был урегулирован, и все остались при своих интересах, кроме разве что Вероники. Она сама имела виды на Хосе и направлялась в соседнюю винодельню. «Ничего, доберёмся до Франции, а там посмотрим...» – белая крыска вовсе не собиралась сдаваться. Затем настало время прощаться с водочными. Лёня и Вова долго обнимали Маргошу и просили не забывать их и как–нибудь наведаться в гости.

– Это уж как получится! Россия от Франции далеко! – ответила растроганная крыса, у которой глаза опять были на мокром месте. О географическом расположении России она знала благодаря Генриху, любившему карты, как помнит читатель.

– Правда далеко?! Тогда мы сами к тебе приедем! На поезде или пароходе. Нам, крысам, это пара пустяков, и билет покупать не надо!

– Конечно, друзья мои! Только водку с собой берите, кто знает, как там во Франции с водкой!

– Во Франции есть всё!!! – отозвалась из угла Вероника, про которую все забыли. – Я слышала, что самая лучшая водка Большой Гусь именно там и производится!

Прощаясь, крысы громко пищали и спорили, обсуждая своё будущее в далёкой незнакомой эмиграции. Им было немножко страшно покидать родной американский континент, да и на самолёте никто из них никогда не летал. Всё было впервые.

– Бедные крыски–эмигранты! Едут неведомо куда! – сказал вдруг Джон, когда они с Вадимом и Машей сдали клетки с крысами в багажное отделение.

– Почему же бедные? Ведь они едут на всё готовое! Сам подумай – люди, которые покупают крыс–компаньонов, – далеко не бедные и в состоянии обеспечить комфортом их недолгий крысиный век. Нет, эмигранты-люди по–другому уезжали... – сказала Маша, вспомнив рассказы отца о том, как они с мамой когда–то покидали Россию.

– По–разному уезжали, – откликнулся Вадим. – Но, в общем, Маша права. Здесь эмиграция с повышенным комфортом получается! Ха–ха!

В это время Белокрысову на ухо что–то пискнул Генрих, сидевший у него на плече (они теперь ни на минуту не расставались).

– Вот и Генрих со мной согласен! Ну что, по коням!

Первым попрощался Джон, он пребывал в отличном расположении духа, потому что летел в Париж с винно–коньячными крысами.

– До свидания Мэри, Вадим! Надеюсь, скоро увидимся!

– Бог даст, увидимся! Прощай, друг, спасибо тебе.

Затем Джон поцеловал взволнованную Машу и направился на посадку. Вадим посмотрел девушке в глаза и крепко её обнял, чуть не придавив Генриха. Деликатный крыс соскочил по его ноге на пол, оставив влюблённых наедине.

– Опять мы с тобой прощаемся, Машенька. Прости меня за всё.

Девушка молчала, а потом вдруг неожиданно рассмеялась сквозь слёзы.

– А ведь вы правда подходите друг другу с Генрихом! Бродяги оба! Идите уже, посадку объявили. И возьми крыса на руки, а то раздавит ещё кто! Береги его!

– Конечно, буду беречь!

Генрих, услышав, что речь идёт о нём, подбежал к ноге Вадима. Тот с любовью посадил его к себе за воротник. Маша чмокнула крыса в носик, подержала Вадима за руку, посмотрела в его серые глаза, а затем резко развернулась и пошла прочь.

– Маша! – нервно окликнул её Белокрысов.

Но та даже не обернулась.

Глава 4

Жизнь продолжается. . .

На юге Франции, на солнечной лужайке сидела парочка довольных, слегка подвыпивших крыс. Как догадался читатель, это были наши хорошие знакомые Марго и Хосе. Около них носились беззаботные крысята–детишки. Визг и писк стояли вокруг. Красавица Марго немножко пополнела, и это ей необыкновенно шло, а Хосе стал солидный и отрастил себе длинные усы. Он массировал задние лапы любимой жёнушке и бурчал себе под нос популярную песенку. Маргоша млела от ласкового солнышка и семейного счастья. Хозяйка винодельни своих крыс обожала и баловала самыми отменными напитками и сырами. А что крыскам ещё нужно!!! Детки без акцента пищали по–французски. Непонятно, как им это удавалось, потому что с дикими крысами им мамочка общаться запрещала. Папочка же считал, что это старомодно и недемократично: надо идти в народ и только там познаешь истину. В общем, Хосе с революционными идеями так и не расстался, хотя жена его взглядов не разделяла, а он её боготворил и побаивался. Вечерами хозяйка винодельни и крысиное семейство вместе ужинали во фруктовом саду. Позже, уложив детишек спать, наливали по бокалу и вели светские беседы. Хозяйка была талантливая, быстро научилась понимать по–крысиному и говорила с красивым урчащим французским акцентом. Генриха Марго почти не вспоминала, лишь иногда теплыми южными ночами он приходил к ней во сне. Утром начинались дела, и в суете мирской растворялся образ бывшего любимого.

А тот тем временем путешествовал с Вадимом по Кении, спасая вымирающий вид клешнеобразных утконосов. Этот вид утконосов был уникален из–за своих удивительных конечностей. Таких животных больше нигде в мире не водилось. Местные жители беспощадно уничтожали редких зверушек, считая их посланниками дьявола. Вадим и его товарищи вели разъяснительные беседы, стараясь убедить африканцев в абсолютной безвредности утконосов. Это было непросто, ибо народ в этих местах был тёмен и безграмотен. Часто приходилось набивать лодку утконосами и сплавляться по реке вниз, чтобы перевезти зверушек на безопасное расстояние. Это было крайне сложно и опасно. Когда Генрих сопровождал своего друга, у него захватывало дух от крутых виражей! Однажды они попали в круговорот, который вынес лодку к огромному водопаду. Лодка разбилась вдребезги, Вадим с Генрихом еле выползли на берег, а утконосов спасти не удалось. Авантюрный характер Вадима нравился Генриху. Риск и головокружительные приключения – такова была жизнь наших героев на африканском континенте. Вечерами за рюмкой коньяка они часто вспоминали Машу, которая не отвечала ни на звонки, ни на письма Вадима.

– Почему она молчит? Бросила нас, наверное... – сетовал Белокрысов.

– А ты сам хорош! Надо было её с собой брать, она ведь просилась!

– Ну, куда, Генрих! Сам подумай, куда?

– Жил бы, как все люди! Женился бы, детей бы завёл!... – неожиданно заговорил сидевший рядом утконос. Этот утконос Андрей (так его прозвали) везде ходил за Вадимом и даже коньяк с ним научился пить. Генрих его к хозяину немножко ревновал.

– Ещё мне не хватало советов утконосов! – возмутился Белокрысов. – Да и вы как без меня?! Вымрете ведь совсем!

– Вымрем, и то правда, – вздохнул Андрей и почесал нос клешней.

– Вот и молчи, не суйся, куда не надо! И без тебя советчиков хватает! – подал голос Генрих из темноты.

– Подумаешшшь... – зашипел утконос и пополз по своим делам.

– Распустил ты их, Вадим! Совсем эти клешастые на шею сели! – обратился Генрих к Белокрысову.

– Я им помогаю... Кто за них ещё заступится? Ведь до них никому нет дела! Не ворчи, Генрих, лучше скажи, что с Машей делать? Я ведь по ней скучаю. А ты по Марго скучаешь?

– Неее... я больше по Крысилии! Она необыкновенная! Здесь в Африке таких нет!

– А чёрная крыса Джойла, к которой ты на свидания ходил?

– Джойла? Нет, ни в какое сравнение! Она крыса хорошая, домовитая, но донна Крысилия – это совсем другое! Такие манеры, столько класса! Ах, лучше бы ты мне и не напоминал, теперь опять ночью спать не буду.

– Я Машу тоже никогда не забуду, – признался Вадим, подумав. – Но жизнь у нас с тобой на поражение! В ней женщинам места нет!

На том и порешили.

Но вернемся к Маше. Что же стало с нашей романтической героиней? И почему она не отвечала Вадиму на его письма и звонки? А случилось вот что. Когда начался учебный год, в их группу пришел новый студент. Звали его Алекс, и был он чем–то похож на Вадима, только гораздо моложе. Что–то неуловимое во взгляде серых глаз, в походке и в общем облике этого парня заставило машино сердечко забиться. Девушка, затаив дыхание, следила за новым студентом, боясь подойти поближе. Она очень хотела услышать его голос, а когда это произошло, то совсем потеряла голову. Голос тоже оказался необыкновенно похож: те же раскатистые интонации, тот же заразительный весёлый смех. Маша перестала спать ночами, похудела и осунулась. Отец с Одноухим котом стали не на шутку переживать и расспрашивать девушку, что с ней происходит. Но та только отговаривалась и худела ещё больше.

И вот однажды...

– Мэри! — окликнул её в университете до боли знакомый голос.

Девушка вздрогнула и обернулась.

– Ведь тебя зовут Мэри? – спросил Алекс, играя знакомыми серыми глазами.

Маша вспыхнула и побежала. «Что я делаю? Почему бегу?» – думала она и бежала ещё быстрее.

Алекс догнал её у выхода, рассмеялся и сказал:

– Я не кусаюсь, но если тебе нравится бегать, то мы можем бегать вместе. Я обычно бегаю по утрам.

И, не давая девушке опомниться, продолжил:

– Завтра в семь напротив Старбакса? Договорились?

Маша кивнула и превратилась в Мэри, которая была готова бежать за этими глазами хоть на край света, если понадобится.

Так начался новый большой роман в жизни нашей героини. Чувства, которые Мэри испытывала к Вадиму, она перенесла полностью на его американского двойника. Как–то так само собой случилось... Кстати, родители Алекса оказались польскими эмигрантами, так что американцем он был во втором поколении, как и наша героиня. Они вообще были во многом похожи и понимали друг друга с полуслова. На Вадима Алекс походил только внешне, может, ещё жизненной смекалкой и чувством юмора. А в остальном он был куда более мягче и добрее, что ли... Маша не могла сдержаться и постоянно их сравнивала. Сравнение явно было в пользу Алекса, да и любил тот её безмерно. Учёба наконец закончилась, и предстояла ординатура. Наши влюблённые оба распределились в Нью–Йорк, правда, в разные госпитали, в один не удалось. Но главное – они будут вместе в одном городе! Совместные планы, проекты, мечты! И общая пьянящая молодость! Всего этого было у нашей счастливой пары в избытке!

Собирая чемодан, Маша достала из шкафа лёгкое светло–жёлтое платье, в котором она впервые встретила Вадима, и как будто тучка пробежала по её лицу. Она взяла платье в руки и зарылась носом в легкую ткань.

– Мэри, милая, что с тобой? Тебе плохо? – спросил вошедший в дверь Алекс.

– Нет, хорошо! Знаешь, мне действительно очень хорошо! – твёрдо ответила девушка и подняла на него повлажневшие глаза. – Никогда раньше не было так хорошо! А тебе нравится это платье?

– Хорошее платье! Мне всё на тебе нравится! Но почему ты плакала?

– От радости!

Мэри–Маша рассмеялась сквозь слёзы, отбросила платье в сторону, схватила за руки своего возлюбленного и закружилась с ним по комнате.

***

А в далёком Петербурге на чердаке сидели художник Данила, Пёс Игнат с немецкой овчаркой Полиной и двое водочных крыс Вова и Лёня. Был накрыт праздничный стол, ждали в гости домового Василия из самой столицы. Данила должен был писать его портрет и очень волновался, ведь ему никогда раньше не приходилось писать домовых, да и видеть их вообще не доводилось. В Петербурге они почти не водились, город был молодой, к тому же дождливый, и домовые в нём не приживались, не любили сырости.

– Ааа–пчхи!!! – раздалось из угла. Из–под кровати вылезла нога в знакомой кроссовке Адидас детского размера. А потом показался домовой Василий, который почихивал и кряхтел одновременно. Его нос картошкой смешно двигался в такт каждому чиху.

– Ежели бы знал, что такая сырота в вашем Петрограде, ни за что бы не поехал! – начал он, сморкаясь и оглядывая мастерскую.

Данила поспешил навстречу гостю.

– Здравствуйте, дорогой Василий! Как я рад, что вы наконец к нам приехали! Вам чаю горячего для сугрева?

– Чаю?! – фыркнул домовой – А что это у вас на столе в графине? Водочка?

– Водочка и закусочка! Добро пожаловать, Василий! – выскочил с приветствиями Игнат.

– Игнатушка! – домовой погладил пса по жёсткой шерсти. – Как ты тут в такой сырости живёшь, бедняга? Коклюш ещё не подцепил? По Москве не скучаешь?

– Скучаю, как не скучать!

Игнат вильнул хвостом и продолжил:

– А к сырости привык. Болел поначалу... чего уж там. Но здесь я зато домашним стал. Живу с машиным дядей Иваном Петровичем, он сейчас лекции читает в Университете. Хороший человек!

– Учёный, стало быть! Не обижает тебя?

– Да что вы, Василий! Он меня боготворит! Вот так, да... А по вечерам мы с ним газеты читаем, просвещаемся. Я ведь не мальчик уже по помойкам бегать! Жену, вот, себе завел, Полиной зовут.

Овчарка Полина привстала и сделала реверанс по-собачьи. Домовой ей важно кивнул в знак одобрения. Затем он подошёл к столу и уселся на предложенный Данилой высокий стул, который художник смастерил специально для почётного гостя. С удовольствием оглядывая щедро накрытый стол, Василий прищёлкивал языком.

– Рад, рад чрезвычайно... – обратился он к хозяину, который налил ему стопочку холодной водки под названием Царская и протянул тарелку с закусками. В этот момент взгляд домового скользнул в угол стола, где сидели наши знакомые водочные крыски Лёня и Вова на специальных подстилочках. Перед ними стояли маленькие блюдца с едой, а в лапах крысы держали серебряные напёрстки и скромно ждали, пока произнесут тост. Без тостов в доме Данилы пить не полагалось. Домовой сначала от неожиданности вздрогнул и изменился в лице, а потом обратился к хозяину:

– Что это вы? Крыс привечаете?

– Привечаю! Это мои друзья Лёня и Вова! Познакомьтесь!

– Хелло! – тихо пискнули водочные.

Василий проигнорировал их приветствие и обратился к хозяину:

– То есть, вы, милостивый государь, предлагаете мне познакомиться с крысами? Да ещё и с заграничными?!

– А почему бы и нет, Василий?! Это же домашние крысы, они у меня живут. Отличные компаньоны, надо сказать. Мне теперь никогда не бывает одиноко, всегда есть, с кем разделить ужин и выпить рюмочку.

Данила весело подмигнул крыскам.

– Пьющие, стало быть... Заграничные пьющие крысы. Как же, помню, помню. Марья рассказывала. Мне, как домовому, с крысами харчи делить не пристало, конечно. Но раз американские и домашние, так и быть, наливай!

Данила облегченно вздохнул, а Лёня с Вовой тихо запищали о чём-то между собой на американском крысином.

– Хау ду ю ду? – решил блеснуть своими языковыми познаниями домовой Василий.

– Вери гуд! Вери гуд!

Наперебой отвечали крыски.

– Понимают грызуны по–английски! ЧуднО! А по русски–то разумеют? – продолжал удивляться домовой. Крыски опять о чём–то тихо запищали между собой.

В этот момент Косматый произнёс тост «за дружбу между народами». Лёня и Вова одобрительно кивнули и опрокинули по рюмочке. За ними последовали и остальные члены компании: Данила и Василий выпили по рюмке, Игнат по-собачьи лакнул из миски, а овчарка Полина выпила апельсинового сока из высокого элегантного бокала – она была беременна и алкоголя не употребляла, да и вообще была малопьющая. Василий довольно хмыкнул и отправил в рот кусочек ароматной буженинки, а вдогонку – хрустящий соленый огурчик. Затем огляделся вокруг и произнес:

– Эх, хорошо тут у вас! Уютно, и картины на стенках висят! Это что за портрет носатого господина в парике? Он мне кого–то из прошлой жизни напоминает.

– Его я из головы выдумал, просто персонаж такой..., – ответил Данила, и, приглядевшись, заметил. – А ведь он чем–то на тебя, Василий, похож!

– Не на меня, а на моего деда Кузьму Егорыча, царствие

ему небесное! Как же это вам, художникам, удаётся?..

– А кто его знает! Волшебство или секреты подсознания... Я ведь этот портрет написал, когда Маша про тебя рассказывала.

– Ааа, Марья–то?! А что она говорила? Восхищалась, небось?!

– Конечно, Василий! Как же тобой не восхищаться!

Домовой покрутил картошкообразным носом, сморкнулся в клетчатый сюртук двухсотлетней давности и продолжил:

– Оно конечно! У них в Америках таких, как я, не бывает. А Марья – девица неискушённая, чистая, как цветочек полевой...

Данила слегка погрустнел, что не ускользнуло от взгляда Василия.

– Запала она тебе в душу, зазнобушка заморская?

– Что лукавить? Запала, Василий, крепко запала!

Данила вгорячах стукнул своим большим кулаком по столу и налил себе и своим друзьям по второй рюмке из запотевшего кувшина. Выпив и закусив, он продолжил:

– Но ведь чужая она здесь, на земле нашей русской! Непривычная! Не прижилась бы, как цветочек завяла. Здесь и крысам-то нелегко. Я их первое время от стресса оберегал, как мог. Хотя они в своих Америках тоже натерпелись, бедолаги, с этими опытами...

Лёня с Вовой утвердительно закивали головами.

– Ес, ес...

– Они по–русски-то вообще говорят? – недовольно проворчал Василий. – А то все "ес" и "ес."..

– Говорят, только акцента стесняются... Погоди, сейчас выпьют и разговорятся, не остановишь потом!

– Ишь... твари заокеанские! А ты им скажи, что у нас на Руси иностранцы в почёте всегда были!

– Говорил уже. Я каждый вечер с ними политинформацию провожу. Да, ребята?

Вова с Лёней утвердительно закивали головами, а затем, осмелев после очередного напёрстка водки, наперебой залопотали:

– Нам здесь есть хорошо! Мы есть всем довольны! Данила есть наш френд до гробовой доски! Мы за него перегрызем глотку самому президенту!

– Ах вы мои славные!

Растроганный Данила аккуратно погладил друзей. Овчарка Полина хохотнула:

– Президенту они глотку перегрызут! Ха, ха! До него ещё добраться надо! У него же охрана и всё такое! Телевизор надо чаще смотреть! Деревенщина американская!

Крысы оскалились на овчарку и заверещали:

– А ты есть кто такой, в натуре!!! Вот мы тебя сейчас за хвост!

Тут ощетинился Вечный Пёс Игнат:

– Вы на мою жену не наезжайте!

Потом он вскочил из–за стола и вывел скалящуюся Полину в соседнюю комнату от греха подальше. А когда вернулся, извинился:

– Простите, друзья, она в положении, это у неё гормональное...

Крысы, привыкшие к овчаркиным выходкам, понимающе закивали.

– Злобная у тебя, однако, жена, Игнат! – проворчал Василий. – Наверное, потому что овчарка. Вот болонка Лиза, та добрее была. Кстати, приходила в отель, про тебя спрашивала. Переживает, касатушка.

– Полина вовсе не злая, – вступился за жену Игнат, – просто у неё жизнь была собачья – тяжёлая. Когда хозяйка выгнала, по помойкам пришлось шариться. Оно для меня-то дело привычное, а её травмировало, она дама деликатная. А Лизу, конечно, жалко, но что поделаешь! Ведь сердцу не прикажешь!

– Твоя правда, не прикажешь.

За столом воцарилось молчание, и каждый задумался о своём: Пёс Игнат о далекой Лизе, преданность которой ему льстила, Данила о Маше, по которой скучала его добрая душа, Лёня с Вовой о французской Марго, которая была для них идеалом женщины–крысы, а домовой Василий о прачке Софье, которую любил пару веков назад.

– А давайте выпьем за Любовь, друзья мои! – провозгласил Данила.

– Ура! За Любовь! – закричали представители разношерстной компании, и каждый из них выпил за самую большую Любовь в своей жизни.

Только Вечный Пёс Игнат немного растерялся, ведь собачий век короток, а за последние двести лет ему часто случалось влюбляться. Всех своих зазноб он пережил и тосковал по ним безмерно.

Глава 5

Десять лет спустя

Через десяток лет на Чистые Пруды в знакомый читателю отель прибыло симпатичное американское семейство.

Маша почти не изменилась, только стала ещё красивее. Светловолосая девочка Маргарита, которую она держала за руку, улыбалась очаровательной маминой улыбкой.

Алекс стал солиднее и отрастил себе небольшую профессорскую бородку. Он приехал в Москву на симпозиум врачей. А Маша, пользуясь случаем, решила показать шестилетней дочке Россию.

Когда пришла пора выбирать отель, она категорически отказалась от предложенного Марриота, где происходил симпозиум, и зарезервировала апартаменты в отеле на Чистых Прудах.

– Поверь, там нам будет намного лучше! Ведь ты знаешь, что я не люблю большие отели.

Алекс пожал плечами, удивляясь её чудачествам, но без колебаний согласился.

И вот они в вестибюле отеля. Пока Алекс регистрировался, Маша с волнением разглядывала знакомые стены, а девочка Маргарита зевала и дёргала маму за руку.

– Спать хочешь, бедняжка! Конечно, после такого перелета! Ничего, потерпи чуть-чуть, — сказала Маша дочери немного отрешённым голосом, продолжая оглядываться вокруг. Её сердечко часто стучало, казалось, что вот–вот из–за углов поползут тени прошлого: раздастся громкий смех Вадима, закашляет Домовой Василий или рявкнет Вечный Пёс своим особенным вечным лаем.

Здесь совсем ничто не изменилось: на стенах висели картины с теми же городскими пейзажами, и причудливые витиеватые лампы уютно горели мягким теплым светом.

Номер, в котором разместили семью, располагался как раз напротив той самой Комнаты. Машино сердце ещё раз екнуло, а голова закружилась, непонятно – то ли от воспоминаний, то ли от долгого перелёта и разницы во времени. Когда Алекс открывал дверь, она прислонилась к стене и слегка прикрыла глаза.

– Мэри, Маргарита, заходите, дорогие! Устали совсем, мои девочки! – услышала она заботливый голос мужа и вернулась к действительности.

– А с отелем ты не ошиблась, дорогая! Действительно, очень красиво и уютно!

– Да, да...

Когда они зашли в комнату, Маше показалось, что из-под кровати мелькнула знакомая пятка, обутая в белую адидасовскую кроссовку. Она вздрогнула и тряхнула своей белокурой гривой, чтобы отогнать наваждение. Тело ломило после долгого сидения в самолёте, и захотелось немедленно завалиться в постель, хотя часы только пробили полдень. Дочка тоже засыпала на ходу, муж тёр глаза. И неудивительно: ведь в Нью–Йорке была глубокая ночь.

Они уложили девочку в небольшой детской спаленке с уютными цветными занавесками и плюшевым мишкой на удобной кроватке. Сами легли в соседней комнате. Алекс потянулся, зевнул и забылся глубоким сном, чмокнув Машу напоследок. Девушка же закрыла глаза, пытаясь уснуть, как вдруг услышала тихое шуршание в правом углу. Она замерла и тихо окликнула:

– Василий?...

Шуршание прекратилось, но ответа не последовало. Маша ещё немного поворочалась, вспоминая обитателей этого чудесного особняка, и начала потихоньку дремать. Конечно, ей тут же приснился сон!

5.1 Машины сны

Снилась квартира Хвостовых в Петербурге, где она впервые увидела Вадима. Будто сидят они с Илоной и Вячеславом за большим столом, чаёвничают. Вдруг входит Белокрысов и, сверкая глазами, протягивает девушке руки. Она порывисто вскакивает из–за стола, бежит навстречу, но тот удаляется, исчезая за дверью. Маша несётся по лестнице на последний этаж и колотит в дверь мастерской Данилы. Художник, наконец, открывает и бросает знакомую фразу:

– Ну, здоровО, американочка!

Маша кричит срывающимся голосом:

– Где Вадим? Он у тебя?

Затем, не дождавшись ответа, устремляется внутрь мастерской и оказывается в огромной комнате, которая раза в два больше натуральной величины и вся залита золотистым солнечным светом. Она оглядывается вокруг и видит портреты на стенах. Они смотрят на неё как живые: и домовой Василий с носом-картошкой, и Вечный Пёс Игнат в обнимку с незнакомой овчаркой, и дядюшка профессор, и крысы, крысы, крысы... Все портреты мастерски выполнены и помещены в массивные золочёные рамы. Вдруг взгляд её упирается в пустую раму, которая одиноко висит висит над столом, как окно, которое забыли прорубить наружу.

– Нравятся портреты? — спрашивает художник, вытирая перепачканные маслом руки о синий фартук.

– Да, очень! А где же Вадим? Ведь он побежал к тебе, я видела.

– Он там внутри! — Данила показывает на пустую раму.

– Как там? Там же ничего нет! — восклицает в ужасе девушка.

– Это ты плохо смотришь! Приглядись-ка!

Маша напряжённо глядит на пустую стенку и вдруг начинает видеть там полупрозрачный силуэт и серые глаза Белокрысова.

– Он сам так захотел! – оправдывается художник. – Слышишь, сам!

Но Маша уже ничего не слышит, она рыдает во весь голос.

Очнулась девушка в объятиях собственного мужа. Тот тряс её за плечи, пытаясь разбудить:

– Мэри, милая, что с тобой?! Да очнись же!

Девушка посмотрела на него и увидела добрые лучистые серые глаза. Такие похожие на глаза бывшего возлюбленного! Она зарыдала ещё больше, не в силах остановиться. Алекс укачивал её на руках, успокаивая и утирая слёзы нежными поцелуями.

– Какая же я счастливая, что у меня есть ты!

– Дурной сон приснился?

– Да... грустный и нехороший какой–то...

И вдруг, неожиданно для себя, начала рассказывать Алексу всё сначала: про Белокрысова, Домового, пса Игната и болонку Лизу. Про все свои приключения в этой странной России. При этом слегка умолчала о нежных чувствах к Вадиму, чтобы не расстроить супруга.

– Как интересно! Почему ты мне раньше этого не рассказывала? Теперь понятно, зачем ты хотела поселиться именно в этом отеле. А тебе это всё часом не приснилось? Что–то мне слабо верится в такие чудеса! – рассмеялся Алекс, целуя любимую в мокрые щеки.

– Не веришь? Ну, и не верь! Может, и вправду приснилось! – ответила слегка разочарованная девушка и подумала: «Он же американец, зачем ему верить в русскую чертовщину?»

Но от этого стало немного грустно.

В последующие два дня они слегка отдалились друг от друга. Алекс проводил много времени на симпозиуме, а Маша с дочкой гуляли по Москве. Ничего необычного в отеле пока не происходило.

Прогулки приносили массу удовольствия и боли одновременно. Призраки прошлого не отпускали — Котельническая набережная, где Вадим впервые поцеловал Машу, скамейка на Чистых Прудах, где они сидели в обнимку...

«Зачем я сюда приехала? – думала девушка. – Ведь всё было так хорошо, и я почти забыла его...»

Спрашивать у работников отеля про Вадима она не решалась. Знала только, что там давно новый хозяин.

Зато дочка Маргаритка радовалась всему необычайно! Ведь это было её первое путешествие в Россию! Ей всё было в диковинку: и медведи на Красной площади, и золотые купола церквей, и люди вокруг, говорящие по–русски. Дома она практиковалась в языке только с мамой и дедушкой, а тут в её распоряжении был целый огромный город! Девочка лепетала, не переставая, удивляя прохожих на улице и продавцов своей американской открытостью и несходящей с лица широкой улыбкой.

– Ты поосторожней, доченька, здесь так не принято!

– Что не принято? Веселиться? Почему?

«А действительно, почему? Как это объяснишь шестилетнему ребенку, для которого весь мир сплошной праздник? Пусть себе радуется!» – подумала Маша и промолчала.

В этот момент девочка широко улыбнулась идущей навстречу усталой женщине в малиновом пальто. Грустное лицо засветилось, а глаза, согретые улыбкой ребёнка, засияли ответной радостью. Она посмотрела на Машу и сказала:

– Какая чудесная девочка! Вы, должно быть, очень счастливая женщина!

Мама доброжелательно кивнула в ответ и обняла дочку:

– Лучик ты мой волшебный!

– Но ведь это же так просто, мама! Почему взрослые всё всегда усложняют?

«Действительно, что может быть проще, чем просто быть солнечной? Ха–ха!» – засмеялись машины мысли.

В этот вечер Алекс задерживался на очередном совещании. Маша уложила дочку спать пораньше, а сама вышла в коридор и остановилась возле номера напротив.

Затем она приникла к замочной скважине, стараясь разглядеть, что происходит внутри, но там было темно и неприветливо.

– Что высматриваете, сударыня? – вдруг услышала она за спиной.

Маша быстро обернулась и увидела черноволосого мужчину в форме официанта. Лица она его разглядеть не могла, так как тот стоял против света, но что–то в его силуэте показалось ей знакомым.

– Когда–то я жила в этом номере, хотела посмотреть, как там всё... — залепетала девушка, смутившись.

– Так попросили бы, я бы открыл! Какие проблемы? – официант достал связку ключей и вставил ключ в замочную скважину.

Дверь распахнулась. Девушка долго стояла и, как завороженная, смотрела в темноту комнаты, а когда очнулась, то чернявого и след простыл.

«Странно, куда он исчез?» – подумалось Маше.

Но размышлять об этом было недосуг, и она осторожно включила свет. Сердце билось, как испуганная рыба в сети.

В комнате всё было по–прежнему, как будто и не прошло этих долгих лет! Удобные кресла, кровать с резной спинкой, элегантная лампа с хрустальными подвесками.

Девушка прошла внутрь и провела руками по атласному покрывалу, затем по поверхности стола, гладя предметы мебели, как будто они были живыми.

Затем она опустилась в кресло и ушла в воспоминания. Гостиничный номер ожил, наполнился запахами и звуками: весёлым плеском воды из душа, ароматом красных роз на столе – подарком Вадима. А вот и он сам выходит из ванной! Капельки воды на смуглой коже, глаза сияют серым блеском. Он привлекает Машу к себе и нежно целует в губы. У неё кружится голова и захватывает дыхание!

Из мизансцены девушку вывел тихий писк снизу. Она открыла глаза и не поверила тому, что видит! На полу сидел её любимчик Генрих и доверчиво на неё смотрел.

– Генрих, милый! Это ты! Я не могу поверить!

– Узнала! Рада?– пискнул крыс и по ноге быстро вскарабкался на машино колено.

– Конечно! Но как?... Ведь столько лет прошло?! Крысы не живут так долго! — удивлённо пробормотала девушка и хотела погладить крысика по спинке. Но дотронувшись до него, она не почувствовала плоти.

– Обычные – нет! Но я не такой, как все!

– Понимаю, что не такой! Но, как медик, утверждаю, что это невозможно...

– Ну... как тебе сказать... Я как бы не совсем живой.

– Как? — испуганно отдёрнула девушка руку.

– Ты что, забыла, где находишься? Ты же в России, здесь всё возможно! Вечного Пса помнишь?

– Игната? Конечно, помню!

– Ну?

– Что ну? Сама подумай!

Маша удивлённо замолчала на минуту, а потом осторожно спросила:

– Ты что, тоже стал Вечным?

– Да, а что тут удивительного? Псам можно, а крысам нельзя? — обиделся Генрих.

– Нет, не в этом дело, милый Генрих! Просто Игнат воевал с Наполеоном, и его за заслуги перед отечеством сделали Вечным. А ты как же?.. И где Белокрысов? Ты же с ним был? — наконец решилась задать девушка мучивший её вопрос.

– Стало быть, если не с Наполеоном, то я не достоин? Да мы с Вадимом клешеобразных утконосов спасали от истребления! Они хоть и не люди, но тоже жить хотят, утконосы эти... Вот Крысиный бог и решил, что я вполне достоин быть Вечным за то, что помогал бедным зверькам выжить!

– А Вадим?! Где Вадим? — закричала девушка.

– Вадим... — грустно пробормотал крыс. – Не знаю, никто не знает.

– Как это не знаешь? Вы же вместе были! — Маша задыхалась от волнения и страха.

– Знаешь, мы на самолёте летели, а там гроза! Вадим стал его сажать прямо на деревья... В джунглях дело происходило, понимаешь? Потом там всё загорелось, а дальше я ничего не помню. Очнулся в Крысином Раю. Меня крыска–Ангел к самому Крысиному Богу привела. Да ты не слушаешь меня, Маша!

Девушка сидела и молчала. Отчаяние было настолько сильным, что она даже не могла плакать. Просто сидела окаменевшая.

– Поди приляг на кровать, Машенька. Мне домовой Василий говорил, что платочек тебе подарил диковинный. Так сейчас самое время им и воспользоваться. Не потеряла?

– Нет, он всегда со мной, – медленно произнесла девушка.

– А где?

– Здесь, – указала девушка на левый карман.

Генрих осторожно вынул платочек и по руке забрался на плечо к замершей от отчаяния девушке.

Затем встал на задние лапы, опираясь на её ключицу, и поднёс платочек к машиному носу. Глаза её тут же ожили, девушка чихнула и тихонько всхлипнула, а потом залилась целительными слезами.

– Вот и хорошо, поплачь лучше, а то сидишь, как неживая! Я уж было испугался! Чудодейственный платочек! Не обманул домовой!

– А где он сам, Василий? — спросила Маша сквозь слёзы.

– Так он в Питере гостит у Данилы! Часто к нему ездит, нравится ему там. Водочкой, говорит, угощают! Кстати, как насчёт выпить немножко за встречу?

– Давай! Тебе коньяк, как всегда? — заплаканная девушка протянула руку к телефону.

Генрих благодарно кивнул.

Через пять минут в дверь постучали, и вошёл тот самый чернявый официант, который открыл ей дверь. Маша узнала его, наконец.

– Так это вы? Совсем не изменились!

– Да и вы, барышня, прекрасно выглядите! Приятного аппетита! — официант попятился к двери и подмигнул Генриху.

На подносе стоял графинчик с коньяком, одна рюмка и маленькая серебряная стопочка величиной с напёрсток, а также аккуратно порезанные дольки лимончика и тарелка с сыром на закуску.

– Все твои любимые лакомства! – воскликнула девушка.

– А чему ты удивляешься? Пока Василия нет, я тут за главного. Порядок же надо поддерживать, а то народ нынче ушлый... Ну что – вздрогнем!

Крыс поднял маленькую стопочку и опрокинул её в рот, глазки его заблестели.

– Вздрогнем! Ишь, слов каких набрался! Ты изменился, Генрих! – отметила девушка, попивая коньяк мелкими глотками.

– Изменился, конечно! Мы все меняемся по воле обстоятельств! А куда деваться? Я русский теперь!

– А как они относятся к тому, что ты крыс?

– Кто – они? Челядь, ты имеешь в виду? Сначала возмущались, а потом привыкли. Василий к нашему брату у Данилы пристрастился. Тот теперь всегда крысок держит. Народ понимать начинает, что мы не так уж плохи! Если нас хорошо кормить и поить, то лучше крысы зверя нет!

Маша нежно погладила крысика по спинке.

– Так ты как сюда попал? Прости, я не дослушала.

– Ааа... так по–простому. Когда Крысиный Бог, Великий и Всемогущий, сделал меня вечным за заслуги перед зверьём, я сразу сюда и поспешил, – Генрих слегка захмелел и говорил медленнее, чем обычно.

– А ко мне, ко мне почему не попросился? Ты же знаешь моё к тебе отношение ! – ревниво спросила девушка.

– Прости, Маша, но мне здесь надо быть. Вдруг Вадим вернётся! Его же никто мёртвым не видел... Правда, леса там непроходимые! Но если он жив, то непременно сюда придёт, куда ещё? Ведь у него кроме меня никого нет! Мы с ним друзья на веки вечные!

Маша опять всхлипнула:

– Думаешь – жив? А по своим каналам не можешь проверить?

– Не, не могу. Нам это не положено.

Было далеко за полночь, когда Маша вернулась в свой номер. На душе её было беспокойно и сумрачно. Алекс давно вернулся и мирно спал, тихо посапывая.

«Даже не поинтересовался, куда я делась. Дрыхнет, как ни в чем не бывало!» – раздражённо подумала девушка, сбросила с себя платье и легла рядом.

Спать не получалось, в голове роились воспоминания о прошлой жизни. А когда удалось, наконец, задремать, ей приснился Белокрысов.

Он, смеясь, бросал алые розы к её ногам. Лепестки цветов были похожи на языки пламени, они летели и стелились мягким ковром под ногами. Девушка была счастлива и потянулась к любимому, но тот только смеялся и отходил назад, бросая цветы. Маша шла за ним по алой дорожке в шифоновом зелёном развевающемся платье, широко раскинув руки, а ветер играл с её длинными светлыми волосами.

Девушка одновременно была в своём теле и видела себя со стороны. Это было странно и казалось совершенно невозможным. Голова кружилась от запаха роз и пьянящей близости Вадима. Вдруг подул ветер, и красные розы под ногами вспыхнули жарким пламенем. Маша в ужасе закричала, а знакомый силуэт стал исчезать в дыму пожара.

Тут она проснулась, села на кровати и увидела букет роз на тумбочке рядом с кроватью, которые принёс ей муж. Алекс мирно сопел рядом, не подозревая, в каком смятении находится его жена, и какие сны ей снятся. Да и откуда ему было знать? Он был нормальный предсказуемый и любящий муж, без дурацких химер и ереси в голове.

Девушка провела рукой по мокрому лбу. Затем дотронулась до цветов, погладила их нежные лепестки, всхлипнула и посмотрела на электронные часы. Те показывали пять утра. Она оделась, вышла из номера и поехала на Ленинградский вокзал за билетами в Петербург. Это можно было сделать и по интернету, но Маше хотелось развеяться. Сидя в московском такси, она глотала солёные слёзы вперемешку с каплями дождя, которые летели через открытое окно. Спина таксиста показалась знакомой, но этого не могло быть, ведь Игнат находился в Питере в виде собаки. Всё же девушка решила попробовать.

– Игнат? —спросила она взволнованно.

– Нет, я Ипатий. Но вы не волнуйтесь, Игнат вас в Питере встретит, – ничуть не удивившись, ответил таксист, не поворачивая головы.

– Гммм... а откуда он узнает, в какое время я приезжаю?

– Не извольте беспокоиться, оне все знают, на то и Вечные...

Шофёр на этот раз обернулся и подмигнул ей добрым собачьим глазом.

– И вы тоже? – удивленно спросила Маша.

– В одном полку служили, стало быть… – ответил таксист и включил музыку, давая понять, таким образом, что разговор окончен.

Девушка смотрела в окно на пробуждающуюся Москву, и странные мятежные мысли снова начали лезть в её беспокойную головку: '»Зачем мне ехать обратно в Америку?… Ведь я там не живу, а существую… Вдруг он вернётся, а меня нет?'»

Ипатий дождался, пока Маша взяла билеты, и отвёз её обратно в гостиницу. От чаевых отказался, сказав, что ему за всё уплачено.

Девушка махнула ему рукой на прощание, а затем нос к носу столкнулась в вестибюле с обеспокоенным Алексом.

– Где ты бродишь, дорогая? Почему не отвечаешь на звонки? Я уже не знаю, что и думать!

— Ты звонил? Ой, извини, что-то не сработало, – слукавила Маша, вспомнив, что отключила мобильник вчера вечером, а включить забыла, не до того было.

– Так что происходит? Где ты была?

– Ездила на вокзал за билетами в Санкт–Петербург.

Муж был обескуражен:

– Но ведь ты туда не собиралась! Говорила, что грустно там без дядюшки!

Тут надо отвлечься и сказать, что машин дядюшка-профессор умер от инфаркта год назад, и девушка не хотела ехать в Питер, чтобы не бередить душу.

– Я передумала. Мы с Маргариткой поедем туда на несколько дней. Ведь ты всё равно целыми днями работаешь. А к выходным как раз вернёмся!

– Так ведь мы уезжаем в воскресенье! Летим обратно в Нью-Йорк. Ты не забыла? Я беспокоюсь за тебя, Маша. Что за спонтанные решения?

Девушка отсутствующе посмотрела на мужа.

– Спонтанные? Ну да, спонтанные, а что в этом плохого? Почему всё надо планировать заранее? Это же ужасно скучно! – тряхнула она своей роскошной белокурой гривой.

Алекс был удивлён переменам, которые на глазах происходили с его умной и рассудительной женой. В то же время он отметил про себя, как необыкновенно она похорошела.

Большие глаза девушки светились каким–то сатанинским блеском, а в облике появилась стремительность, ей в обычной жизни не свойственная. Он в очередной раз залюбовался строптивой супругой и перестал задавать вопросы.

«Пусть едет, раз ей так хочется!» – подумал он и молча погладил девушку по спине. Маша вспыхнула от прикосновения мужа, отвела глаза и поцеловала его в щёку.

5.2 Поездка в Петербург

И вот они сидят с дочкой в поезде «Москва–Петербург» и смотрят в окно, за которым мелькают осиновые и березовые рощи и широкие зеленые поля. Реки и речушки синими лентами режут ландшафты на большие лоскутки, а среди них разбросаны коричневыми жуками бревенчатые дома.

«Ну, здравствуй, Россия–Матушка!» – мысленно поприветствовала девушка родину предков. Маргаритка же сидела рядом, уткнувшись в компьютерную игрушку и совсем не восторгалась сельскими пейзажами. Маше стало немного обидно, она почему–то ожидала от дочки другой реакции.

Правда, позже, когда они гуляли по Питеру, девочка абсолютно влюбилась в великолепие белокаменных зданий и горбатые мосты над красавицей Невой, неспешно несущей свои холодные воды в Финский залив.

Но вернёмся к повествованию.

Поезд прибыл на Московский вокзал. Игнат почему–то их не встретил. Маша подождала немного, а затем взяла такси. Они остановились в небольшом уютном отеле–бутике в самом центре исторического Питера. Весь вечер ходили-бродили по улицам. Девушке хотелось как можно больше показать дочери, чтобы та на всю жизнь запомнила этот удивительный северный город, такой блистательный и парадоксальный.

На следующий день Маша позвонила Илоне, которая ей несказанно обрадовалась и тут же пригласила в гости.

Вот она с дочкой стоит перед подъездом того самого дома на Васильевском Острове. Сердце забилось бешеной птицей, в горле пересохло от волнительных воспоминаний. Девочка почувствовала мамину тревогу и доверчиво к ней прижалась. Наконец Маша собралась с мыслями и нажала на кнопку звонка в домофоне.

– Аллё! – ответил знакомый голос. – Машуня, ты?

– Я, я...

– Ура, проходи! Этаж не забыла?

Но они уже скользнули в дверь и поднялись на лифте вверх.

– Какая ты стала! Красавица! А это твоя девочка?! Ой, как на маму похожа! Проходи, знакомься с моими сорванцами! – тараторила располневшая Илона, целуя Машу в порозовевшие от волнения щёки.

Два крепких мальчика вышли в коридор и уставились на Маргаритку. Девочка засмущалась и спряталась за мамину спину.

– Ну, что смотрите?! Встречайте барышню–американку, кавалеры! Она у тебя по–русски хоть говорит? – Илона подтолкнула сыновей ближе.

– Говорю я по–русски, – ответила девочка сама за себя. – Только с акцентом!

– Акцент – не страшно, главное, чтобы говорила, а то мои балбесы в английском не шарят, как с ними ни бьюсь!

Затем мамы сели за стол на кухне, а дети побежали играть. Хозяйка налила себе и гостье красного вина, и началась долгая застольная беседа двух подружек, которые не видели друг друга больше десяти лет.

Поговорив о делах житейских, Маша осторожно спросила Илону про художника Данилу.

– Данилка–то? Ничего себе, живёт! Зоопарк целый развел! Крысы у него не переводятся, одни мрут, так он других заводит. Полюбил их очень. И собаку у дяди твоего взял, когда того в больницу забрали... Царствие ему небесное!

Илона перекрестилась, сделала глоток вина и продолжила.

– А Пёс этот Игнат и не старится совсем! Представляешь? Уникальный пёс! Его подружка овчарка давно уже скопытилась, а Игнату хоть бы что!

— Представляю... Слушай, я тут хотела сходить его проведать. Ты не против, если я у тебя Маргаритку оставлю на часок?

– Конечно, Машуня, какие проблемы! Иди, впечатляй питерских художников! Он много раз про тебя спрашивал, влюблён, наверное, бедняжка. Куда ему до тебя! Ты вся такая американка-красавица! А он кто?! Сидит там себе со своим зоопарком, одичал совсем. Раньше компании собирал, а теперь всё со зверями пропадает! Люди говорят, что к нему домовой из Москвы приезжает погостить! Но я не верю! Врут, понятное дело. Хотя в таких берлогах, как у него, домовые с лешими и водятся! Ни жены себе не завел, ни детей. Живет один со своими холстами, крысами и собакой.

– Не суди его строго, художники вообще народ особенный! – сказала Маша, встав со стула.

Затем она вышла из квартиры и поднялась, запыхавшись, на последний этаж. Попробовала было нажать кнопку звонка, но тот явно не работал, тогда Маша постучала, сначала тихо и осторожно, а потом громче и требовательней. С той стороны прошаркали тяжелые шаги, дверь распахнулась, и на пороге возник Косматый с белой крыской на плече и в фартуке, перемазанном краской. В первый момент он опешил, увидев нежданную гостью. На лице промелькнули смятение, удивление и радость одновременно. Косматый тряхнул седой нечёсаной гривой и радостно воскликнул:

– Ну, здорово, американочка!

Маша тоже была взволнована и растрогана теплотой его голоса и неподдельным восторгом, светившимся искорками в карих глазах. Она было бросилась ему на шею, но тот слегка отстранился и чмокнул её в лоб.

– Осторожно, а то перепачкаю тебя всю! Вот сейчас фартук сниму, а потом обнимай сколько хочешь! Да, ещё Машку посажу на место, а то может напугаться, она у нас барышня деликатная.

Гостья не поняла сначала, о ком идёт речь, а потом увидела, что Косматый аккуратно взял в руки белую крыску с плеча и посадил на тумбочку в прихожей.

– Её зовут Маша? – умилилась девушка.

– А как же ещё? Мария Третья, так сказать. Сколько мы не виделись? Лет десять, поди. . . . Крыски редко до трёх лет доживают. Жалко их, бедолаг, – говорил Косматый, снимая фартук и с нежностью глядя на Машу.

– Третья Маша? Ааа... понятно, – она погладила зверька по шёлковой шёрстке.

Затем Косматый заключил её в свои широкие объятия и едва не задушил от избытка нахлынувших на него чувств.

– Ты, Машунь, проходи в мастерскую, а я пойду чайку заварю! Помнишь мой чай? – спросил художник, наобнимавшись вдоволь.

– Ещё бы! Конечно, помню! Больше нигде такого не удалось отведать! – ответила Маша и торопливо проскользнула в знакомую комнату.

Там ничего не изменилось. Около окна стоял уютный, покрытый скатертью круглый стол, на мольберте томился чей-то незаконченный портрет, а стены пестрели яркими красками и колоритными фигурами.

Маша, затаив дыхание, рассматривала картины. Было много портретов домового Василия. Тот смотрел на неё со стены своими добрыми светлыми глазами и как будто улыбался. На одной из картин у него плече сидела белая крыска. Девушка усмехнулась, вспомнив, что домовой раньше крыс терпеть не мог. Узнала она и гордый профиль Вечного Пса Игната на одной из стен. А вот и следы его пребывания – алюминиевая миска, ошейник и поводок в углу.

«Интересно, почему этот негодный Пёс меня не встретил, хоть и обещал...?» – подумала девушка. И вдруг упёрлась взглядом в золочёную раму, висящую рядом с портретом Игната. Внутри рамы зияла пустая стена. Машино сердечко вновь затрепетало. Уж больно всё происходящее походило на сон. Она пристально смотрела внутрь рамы, но ничего там не видела, кроме крашеной белой стены.

– Как тебе мои новые работы? Нравятся?

Маша вздрогнула от раскатистого баритона Данилы, который неслышно вошёл в мастерскую и стоял около стола с дымящимся чайником в руках.

– Да, конечно... Знакомые всё лица! – улыбнулась девушка, оторвав взгляд от пустой рамы.

Они сели за стол чаёвничать. Отхлебнув божественный напиток, какой умел делать только Косматый, Маша решилась спросить:

– А что должно быть в этой раме?

– Мммм.... это мне новый портрет заказали... – художник заёрзал на стуле и почему-то смутился. - Из Европы заказ пришёл. Так-то. Раму прислал и задаток – большие деньги.

Ему явно не хотелось об этом говорить.

– А чей портрет? – не отступала девушка.

– Чей? Да кто же его знает. Странный какой-то заказ. Клиент написал, что модель должна ко мне в мастерскую прийти. Бред! Не знаю, что и думать... Вот жду теперь.

Маша разволновалась ещё больше и продолжала выспрашивать:

– А имя? А обратный адрес какой?

– Маш, тебе это имя ровно ничего не скажет. Некий Роберт Шмидт из Лондона. Там непонятно всё, я хотел назад отослать и раму и деньги, да Пёс не велел.

– Игнат? А где он, кстати?

– Я бы сам это хотел знать, где они с Василием бродят. Уже неделю дома не появляются. Вроде как бездомных собак спасают от уничтожения или котов... Не помню. Они всё время кого-то там спасают. Хорошие они, добрые.

В этот момент в прихожей раздался скрип двери, и послышался весёлый собачий лай. Маша не успела опомниться, как Пёс уже стоял, опираясь на её плечи передними лапами, и лизал лицо шершавым языком.

– И где же тебя носило? – подала, наконец, голос взволнованная Маша и нежно погладила пса по лоснящейся спине. – А Василий с тобой?!

– Ой, Маша, прости, что не встретил! Срочные обстоятельства, работа, так сказать! Представляешь, что власти надумали?! Собачий приют сносить! А собак знаешь, куда? На мыло, вот куда! Ну ничего, мы с Василием разобрались вроде...

– Как же вам удалось?

– Попугали немного. Пришлось в Собачий Рай смотаться и умершую бульдожку губернатора района привлечь к этому делу. Ох, и напугался, живодёр проклятый! А Василий задержался немного, допугивает. Чтобы, так сказать, уж наверняка!... А ты как, Машута? Рассказывай, как живется в Америках? Дочка у тебя, слыхал, растёт?!

– Да, большая уже совсем. Маргариткой зовут.

– А муж не обижает?

– Что ты, Игнат, как можно?! Мы с ним самые лучшие на свете друзья.

Затем Маша с художником вернулись за стол пить чай, а Пёс Игнат принялся лакать из миски похлёбку, которую наварил для него заботливый Данила. Через некоторое время из-за дивана появилась белая кроссовка "адидас", а затем выполз сам домовой и с присущим ему достоинством поприветствовал Машу:

– Хелло, девонька!

– Ой, Василий, не могу поверить, ты, что, по-английски заговорил? – воскликнула удивлённая девушка.

– Да, это он у крыс Лёни с Вовой нахватался. Те его немного подучили, а Василий полиглот известный!

Вся компания дружно загалдела. Каждый пытался рассказать Маше о чём-то своём. Девушка смеялась и плакала от счастья.

– Господи, как же мне с вами хорошо, друзья мой! Прямо и уезжать никуда не хочется!

– А ты что – не успела приехать и уже уезжаешь?! – спросил Данила упавшим голосом.

– Да... Простите меня, мои хорошие! Завтра – в Москву, а оттуда в Нью-Йорк прямым рейсом, – грустно сказала девушка, сама до конца в это не веря.

– Ууу..... – разочарованно замычали присутствующие.

В мастерской повисла напряжённая тишина, которую нарушил Василий, громко чихнув.

– Ох, мокро тут у вас в Питере, – проворчал он, сморкаясь. – Но красиво зато и домовых почитают. Вон как меня районный губернатор испужался! Чуть не окочурился, сердешный.... Обещал собачьи приюты впредь никогда не трогать, а даже наоборот – выделять средства на их развитие и процветание. Тут, конечно, и Игнат постарался с бульдожкой Маней с того света.

Игнат залился радостным лаем, смеяться он так и не научился.

Обстановка разрядилась, Данила принёс запотевшую бутылочку водки из холодильника и разлил всем: себе и Маше – в стопочки, Игнату плеснул в миску, а домовому – в серебряный напёрсток, специально для этих целей предназначенный.

Когда Маша покидала мастерскую, её сердце разрывалось от переполнявших чувств. Нелегко было оставлять своих экзотических друзей, искренне её любивших.

Она грустно спустилась вниз, забрала дочку из квартиры Илоны, села в такси и поехала в отель. По дороге в голове роились навязчивые мысли: «Ведь десять лет прошло, а всё как будто вчера…»

***

В самолёте девушка вспоминала этот вечер во всех подробностях. На губах её блуждала задумчивая улыбка, а в глазах стояли слёзы. Она тихо гладила спящую дочку по голове и улыбалась сидящему рядом Алексу.

Внизу блестел огнями громадный Нью-Йорк. Самолет шёл на посадку.

А в далеком Питере Данила-художник всю ночь напролет рисовал портрет девушки, удивительно похожей на Машу…

Made in the USA
San Bernardino, CA
20 August 2017